KB185677

두 번째

달에게

두 번째
달에게

박미연 장편소설

|주|자음과모음

차
례

가까스로 세이프   7

뇌파 큐브   17

스트거만 증후군   26

숨 쉴 구멍   36

보름달 데이   45

벚꽃 비 휘날리는   56

길을 잃은 아이, 기억을 잃은 나   67

바다가 내려다보이는 언덕   77

또 다른 세계   89

완벽한 아이가 되려면   99

지켜야 하는 비밀   111

절대 놓지 않을 손   125

뻔히 보이는 덫인데도   136

뻔뻔하고 이기적이게   149

진짜 너는 누구니?   166

늘 내 곁에 있었던 너   177

시은과 시은, 그리고   190

내가 여기 있어도 될까   201

다시 벚꽃 비 앞에서   217

작가의 말   230

가까스로
세이프

길을 잃었다.

반원 모양으로 반듯하게 다듬은 단풍나무를 보고 감탄한 게 오 분 전이었다. 그 후로 똑 닮은 나무 앞을 또 지나며 고개를 갸웃거렸고, 세 번째로 마주쳤을 때는 그만 어지러워졌다. 같은 자리를 맴돌고 있는 것이 틀림없었다.

어디선가 불어온 바람이 붉은 단풍잎을 흔들어 댔다. 두 뺨은 차가운데 목덜미는 뜨끈했다. 초조해진 나는 손목에 찬 기계식 시계를 내려다보았다. 수업 시작까지 고작 팔 분 남았다. 시간 맞춰 미술실에 도착하지 않으면 꼼짝없이 벌점을 받을 것이다.

'안 돼! 전학 첫날부터 웃음거리가 될 순 없어.'

길도 모르면서 무작정 걸음을 옮겼다. 우리나라 최고의 국립 영재 고등학교라더니 정말 웬만한 대학 캠퍼스 못지않게 복잡했다. 다양한 건물과 시설 들이 빼곡했고, 길은 미로처럼 어지러웠다. 지나치게 넓고 깊은 정원에는 나무가 빽빽했다. 평소라면 운치 있게 느꼈을 키 큰 나무들이 시야를 가로막아 방향을 가늠할 수 없었다.

"어쩌지? 뫼비우스의 띠도 아니고 왜 출구가 없는 거야?"

혼잣말을 입 밖으로 내뱉고 나니 정말 미아가 된 기분이었다. 선득한 가을바람에 식은땀이 등줄기를 타고 흘러내렸다. 얼마나 긴장을 하고 뛰어다녔던지 더는 서 있을 기운이 없었다. 손에 들고 있던 물감 세트를 평평한 바위 위에 내려놓고는 그 옆에 털썩 주저앉았다. 아빠가 전학 선물로 특별히 사 준 전문가용 물감은 과하게 무거웠다. 눈물이 찔끔 났다.

그때였다. 바스락, 나뭇잎 흔들리는 소리가 들렸다. 내 시선은 마구 흔들리는 산딸나무 덤불숲으로 향했다. 한 남학생이 머리와 옷에 잔뜩 묻은 낙엽을 털어 내며 나오고 있었다. 길을 잃은 터라 사람이 반가웠다. 게다가 그 애의 목에는 내 것과 같은 보라색 넥타이가 걸려 있었다. 나는 바위에서 재빨리 몸을 일으켰다.

"저기, 1학년 맞지? 우리 같은 학년인 것 같은데."

그러자 남학생이 '뭐 어쩌라고?' 하는 눈빛으로 나를 내려다보았다. 나는 주눅 들지 않으려고 어깨를 쫙 펴고 물었다.

"여기서 제3별관 어떻게 가는지 좀 알려 줄래?"

귀찮다는 듯 미간을 잔뜩 찌푸린 남학생은 대답 대신 엉뚱한 질문을 했다.

"너 전학생이지?"

"응, 그런데 그게 왜?"

시계를 흘깃 내려다본 남학생이 무심하게 말했다.

"수업 시작까지 오 분밖에 안 남았네. 지금 이러고 있으면 벌점 확정일 텐데."

걱정하는 건지, 놀리는 건지 알 수 없었다. 나는 조급한 마음을 누르며 한 번 더 부탁했다.

"나도 알고 있어. 그러니까 빨리 알려 주면 좋겠는데."

"그런다고 찾아갈 수 있을까? 제3별관이면 너, 애들한테 제대로 찍힌 것 같거든."

"찍히다니? 그게 무슨 말이야?"

교실에 혼자 남겨졌을 때부터 뭔가 잘못되었다는 느낌이 들긴 했지만, 그저 짓궂은 장난이라고 생각했다. 그런데 그게 아니라는 건가?

불과 이십 분 전의 일이었다.

2학기 중간, 어정쩡한 시기에 전학 온 내게 반 아이들은 대체로 친절했다. 웃으면서 본관 곳곳을 안내해 주었고, 모둠 활동 때도 기꺼이 모둠원으로 받아 주었다. 가장 걱정했던 점심시간에도 급식실에 같이 가자며 팔짱을 끼는 여자애들이 여럿이었다.

분위기가 바뀐 건 점심을 먹고 교실에 돌아온 직후였다. 반장이 5교시 미술 수업 장소가 제3별관에 있는 미술실로 바뀌었다고 소리쳤다. 교실 뒤쪽에 있는 개인 사물함에서 미술 도구를 챙겨 돌아섰는데, 교실이 텅 비어 있었다.

머리끝이 쭈뼛 솟고 심장이 오그라드는 것 같았지만 티 내고 싶지 않았다. 혼자 미술실도 못 찾아갈까 봐? 아랫입술을 꽉 깨물며 교실을 나선 나는 복도에서 마주친 다른 반 아이에게 미술실 가는 길을 물었다.

"본관 동문으로 나가면 반듯하게 난 길이 있어. 길을 따라가다 보면 작은 호수가 나와. 호수를 끼고 왼쪽으로 가다 보면 숲이 있을 거고. 그 숲을 통과하면 보이는 단층 건물이 제3별관이야. 잘 찾아갈 수 있을지는 모르겠지만, 행운을 빈다."

미술실 찾아가는 데 행운까지 빌 일인가? 지나치게 상세한 설명과 웃음을 참는 듯한 표정이 묘하게 신경에 거슬렸다. 하지만 수업 시간에 늦으면 벌점이 부과되고, 벌점이 쌓이면 석 달 뒤 치를 SBM 테스트에서 감점 요인이 된다. 그 아이의 설명을 믿는 수밖에 방법이 없었다.

그리고 지금, 나는 숲 가운데에서 길을 잃었다. 호수는 금방 찾았지만, 숲에 들어와서부터는 뭐에 씌었는지 빠져나가지 못하고 빙빙 돌기만 했다.

그런데 이런 사정을 처음 보는 저 애가 어떻게 알고 있는 거지? 남학생은 당황한 내 얼굴을 보고서도 자기와는 상관없다는 듯 어깨를 으쓱하고는 등을 돌렸다.

저 애마저 가 버리면 길을 찾을 방법이 없다. 다급해진 나는 남학생을 향해 손을 뻗었다. 옷자락을 잡았나 싶었는데 그 애는 눈 깜짝할 사이에 몸을 틀어 피했다. 엄청난 반사 신경이었다. 감탄할 새도 없이 반대쪽 손을 곧바로 휘둘렀다. 그만큼 절박했다.

내 간절함이 통한 걸까? 손끝에 미처 빠져나가지 못한 남학생의 팔이 잡혔다.

나를 돌아본 그 애의 투명한 갈색 눈동자가 커다래졌다.

"어떻게…… 날 잡았어?"

그 애는 믿기지 않는다는 표정으로 나를 쳐다보았다. 날카로운 눈빛에 움찔했지만, 손을 놓을 순 없었다.

"길 알려 줄 때까지 이 손 안 놓을 거야. 뭐, 나랑 같이 벌점 받든지."

나보다 머리 하나는 더 큰 남자애를 힘으로 이길 수 없다는 걸 알면서도 두 손에 힘을 꽉 주었다. 남학생은 어이없다는 듯 피식 웃더니 교복 재킷 안주머니에서 뭔가를 꺼냈다. 볼펜만 한 은색 막대기였다.

"이걸로 찾아가 봐. 할 수 있다면 말이야."

"그게 뭔데?"

"초소형 롤러블 태블릿. 내비게이션 기능은 사용할 줄 알지?"

저 애는 어떻게 태블릿을 가지고 있는 거지? 개인 스마트 기기는 교내 반입 금지라 등교하면서 교문 옆에 있는 전자 보관소에 맡겨야 한다. 영재 학교답게 모든 걸 자신의 두뇌로 기억하고 연산하고 응용하라는 게 교칙이기 때문이다.

무슨 방법을 썼는지 알 수는 없지만, 일단 살았구나 싶었다. 반색을 하며 롤러블 태블릿을 향해 손을 뻗었다. 그런데 그 순간, 몸이 뒤로 홱 넘어갔다. 내가 손을 놓은 틈에 그 애가 발을 건 것이다. 균형을 잃은 나는 허공에서 허우적거리다 바닥으로 떨어졌다. 등이 몹시 욱신거렸다.

"역시. 제대로 된 낙법이네."

나를 내려다보던 남학생이 고개를 끄덕이며 중얼거렸다. 낙법은 무슨 낙법? 난 평생 운동하고는 거리가 먼 몸치인데. 웬 헛소리인가 싶었다. 몸을 일으킨 나는 그 애를 힘껏 노려보았다. 너무 분해서 내가 처한 상황도 잊고 소리를 질렀다.

"야! 도와주기 싫으면 그냥 가면 되잖아. 전학 온 게 무슨 죄야? 왜 다들 날 놀려 먹지 못해서 난리야!"

하지만 남학생은 들은 척도 하지 않고 롤러블 태블릿을 내게 던졌다.

"삼 분 남았어. 어서 뛰어!"

얼떨결에 태블릿을 받아 든 나는 그 말에 주문이라도 걸린 것처럼 몸을 일으켜 달리기 시작했다. 뛰면서 태블릿의 전원을 켜니 홀로그램 화면이 허공에 펼쳐졌다. 홈 화면에 떠 있는 학교 지도 앱을 실행시켰다. 제3별관을 목적지로 입력하자 지도에 최단 거리가 붉은색으로 표시됐다. 소요 시간은 이 분 사십 초. 잘하면 지각은 면하겠다는 생각에 다리에 힘이 바짝 들어갔다.

달리면서 언뜻 뒤돌아보니 남학생은 아까 내가 주저앉았던 바위 위에 느긋하게 걸터앉아 있었다.

'뭐야? 쟤는 수업에 안 들어가나? 아니지, 내가 지금 남 걱정할 때야?'

다시 고개를 돌려 숨이 차도록 숲길을 달렸다. 어느덧 눈앞에 아까 본 네모반듯한 호수가 나타났다. 길을 되돌아 나온 모양이었다. 허탈해하던 나는 태블릿으로 눈을 돌렸다. 그리고 다음 순간, 발을 멈추고 말았다. 제3별관을 향하는 붉은 길이 호수 한가운데를 통과하고 있었다.

"왜 길이 아닌 곳으로 가라고 해? 오류가 났나? 설마 날 속인 건가? 그래 놓고 뭐? 어서 뛰라고? 어휴, 그 말을 믿은 내가 바보지."

화가 머리끝까지 솟구친 나는 롤러블 태블릿을 내동댕이치려고 팔을 들었다.

그런데 그때, 그 애의 투명한 갈색 눈동자가 떠올랐다. "어서 뛰어!"라는 말도 어디선가 들어본 것 같았다. 분명 처음 본 아이인데, 이 기시감은 뭐지? 희미한 이미지가 떠오를 듯 말 듯 머릿속에서 아른거렸다.

쿵, 쿵, 쿵.

갑자기 심장이 요란하게 뛰기 시작했다. 아지랑이처럼 눈앞이 흔들리면서 머리가 쪼이는 듯한 통증이 몰려왔다. 사고 이후로 자주 머리가 아파서 늘 진통제를 가지고 다닌다. 그런데 하필 약통을 넣어 둔 교복 재킷을 교실에 두고 왔다. 꽉 깨문 입술 사이로 낮은 신음이 흘러나왔다.

'정신 차려, 최시은. 첫날부터 벌점을 받을 수는 없잖아. 아빠가 무척 실망할 거야.'

나를 이 학교에 전학시키려고 아빠가 얼마나 애를 썼는지 모른다. 아빠 모습이 떠오르자 남자애의 투명한 갈색 눈동자가 사라졌다. 신기하게 두통도 잦아들었다.

이제 정말 시간이 없었으므로 하나를 선택할 수밖에 없었다. 여기서 포기하고 벌점을 받든지, 아니면 내비게이션을 믿고 끝까지 가 보든지. 아무리 생각해도 반 아이들에게 비웃음을 사느니 물에 빠지는 게 차라리 나았다. 게다가, 이유는 알 수 없지만 왠지 그 남자애를 믿고 싶었다.

지도와 호수를 번갈아 보던 나는 주먹만 한 돌멩이를 주워 들었다. 그리고 호수를 향해 힘껏 던졌다. 돌멩이는 수면 아래로 가라앉는 대신, 떨어진 위치에 그대로 멈췄다. 돌멩이 주변에 어떤 물결도, 흔들림도 생기지 않았다. 그 순간 깨달았다.

"이런, 증강 현실이었어!"

그러니까 진짜 호수는 정사각형이 아니라 삼각형 모양이고, 증강 현실 프로그램을 이용해 진짜 호수를 복사해서 그 옆에 붙여 넣어 정사각형으로 보인 거였다. 지도가 없으면 전혀 눈치채지 못할 정도로 디지털 미로는 정교했다. 이러니 가짜 숲을 뺑뺑 돌 수밖에. 이런 걸 장난으로 만들었다니 기가 막혔다.

어쨌든 시간 안에 미술실에 도착해야 아이들의 코를 납작하게 해 줄 수 있다. 나는 호수로 한 발을 내디뎠다. 가짜라는 걸 알면서도 발바닥이 찌릿했다. 무서웠지만, 증강 현실 프로그램이 만들어 낸 호숫가 풍경 대신 태블릿 지도만 보며 걸었다.

호수를 다 건너자 주황색으로 물든 플라타너스 숲길이 나왔다. 그 길 끝에 그토록 찾아 헤매던 제3별관이 있었다.

나는 미친 듯이 달려 마침내 미술실 뒷문 앞에 섰다. 시계를 보니 수업이 시작되기 딱 십 초 전이었다. 거친 숨을 몰아쉬며 안으로 들어섰다. 반 아이들이 일제히 뒤를 돌아보았다. 내가 이렇게 빨리 올 거라고 예상하지 못했는지 다들 놀란 기색이었다.

불편한 침묵을 깬 건 나지막한 휘파람 소리였다. 소리가 나는 쪽으로 고개를 돌리자 나와 눈이 마주친 반장이 웃으며 말했다.

"가까스로 세이프네!"

그제야 아이들이 책상을 두드리며 환호성을 질렀다. 심장이 거세게 두근거렸다. 숨이 차서인지, 해냈다는 충만감 때문인지, 그것도 아니면 위로 끌어올린 입꼬리와 달리 차갑기만 한 반장의 눈빛 때문인지는 알 수 없었다.

뇌파

큐브

현관문을 열자 공기 중에 달콤하고 고소한 냄새가 떠돌았다.
버터와 캐러멜, 시나몬 향이 나는 걸 보니 아빠가 쿠키를 굽는 중
인 듯했다. 아빠는 우리 가족에게 중요한 날이면 어김없이 과자
를 굽는다.

하루 종일 긴장하느라 팽팽했던 신경 줄이 비로소 느슨해졌다.
쿵쿵거리며 주방으로 들어서자 앞치마를 두른 아빠가 서둘러 손
을 닦으며 다가왔다.

"오늘 학교는 어땠어? 친구는 많이 사귀었고? 수업은 어렵지
않았니?"

고등학생답게 쿨하게 대답하고 싶었지만, 나도 모르게 입이 뾰

로통하게 튀어나왔다.

"아, 몰라요. 애들이 좀 이상해."

불퉁거리는 내 안색을 살피던 아빠가 조심스럽게 물었다.

"이상하다니, 왜? 학교에서 무슨 일 있었어?"

"영재들이라더니 이건 뭐 완전 초딩이야. 유치해 죽겠어. 아빠, 나 그냥 다른 학교 가면 안 돼요?"

생각나는 대로 툭툭 내뱉다가 아차, 싶었다. 미소가 사라진 아빠의 얼굴이 눈에 띄게 굳어졌기 때문이었다.

"아니, 내 말은 진짜로 학교를 안 가겠다는 게 아니라……."

당황하며 수습을 하려 했지만 일자로 다물어진 아빠의 입은 열릴 줄 몰랐다. 아빠는 다 좋은데 한 번 삐치면 잘 풀리지 않는다. 분위기가 더 심각해지기 전에 최후의 방법을 써야 한다.

원래의 나는 애교로 아빠를 구워삶는 깜찍한 여우 같은 애였다고 오빠가 일러 주었다. 아무리 사고 후유증으로 기억을 잃었다지만 성격이 바뀐다는 게 말이 되나 싶었다. 하지만 그 조언은 항상 유용했다. 지금도 통하길 바라며 아빠에게 다가가 다정하게 팔짱을 꼈다. 그러고는 혀 짧은 소리로 어리광을 부렸다.

"아이, 아빠 화났구나? 나도 잘 알고 있어요, 우리 학교가 얼마나 대단한 곳인지. 단순히 성적만 좋다고 다닐 수 있는 것도 아니고 인성과 재능, 부모의 사회적 위치와 공헌도까지 본다는 거 다 알고 있다고요. 결원이 생겨서 그 한 자리를 놓고 얼마나 경쟁이

치열했는지도.”

하도 많이 들어서 외워 버린 말을 줄줄 내뱉다 보니 아빠한테 진짜로 미안해졌다.

국립 영재 고등학교는 입학도 어렵지만 편입은 아예 하늘의 별 따기 수준이다. 특히 예체능 특기반은 한 학급밖에 없다. 미술 특기생 한 명을 뽑는 자리에 오백여 명이 몰렸다. 아빠는 그 자리에 내가 들어갈 수 있도록 수십 종에 달하는 서류와 온갖 추천서를 준비했고, 전문가를 총동원해 면접까지 완벽하게 연습시켰다. 그렇게 어렵게 들어간 학교를 고작 하루만에 다니기 싫다며 투정을 부리는 딸이 얼마나 한심할까.

내가 진심으로 미안한 표정을 짓자 아빠는 흠흠 헛기침을 하며 나와 눈을 맞추었다.

“안 다녀 됐어. 그럼 앞으로 학교 잘 다닐 거지?”

역시 애교 작전이 통했나 보다. 나는 서둘러 고개를 끄덕였다.

마침 쿠키가 다 구워졌는지 띠링, 하고 오븐 알람이 울렸다. 아빠가 갓 구운 쿠키 두 개를 접시에 담아 건네며 말했다.

“이번에는 진짜 잘 구워졌어. 그리고 우리 시은이를 위해 특별히 대뇌 발달에 좋은 호두를 듬뿍 넣었지. 한번 먹어 봐.”

나는 쿠키를 입에 넣자마자 곧바로 엄지를 치켜세웠다.

“우아, 맛있다! 입에서 살살 녹는데? 이거 진짜 팔아도 되겠다.”

솔직히 아빠의 쿠키는 달콤한 냄새에 비해 지나치게 건강한 맛

이 난다. 사람이 먹는 음식은 성격과 정서, 지능에까지도 영향을
미치니 아무거나 먹으면 안 된다는 게 아빠의 원칙이다. 이 쿠키
역시 철저하게 칼로리와 영양소를 계산했을 것이다. 하지만 나는
엄청 맛있다는 듯 쿠키를 순식간에 먹어 치웠다. 흐뭇한 미소를
짓던 아빠가 선물 상자를 내밀었다.

"전학 선물을 하나 더 준비했지. 아빠가 우리 딸 주려고 정말 어
렵게 구했어. 얼른 풀어 봐."

예상치 못한 선물에 입이 저절로 벌어졌다. 나는 떨리는 가슴
으로 붉은 리본을 풀었다. 그러나 선물의 정체를 확인하자마자
기대감은 눈 녹듯 사라졌다. 상자 안에 든 건 넥스트 테크놀로지
사에서 지난주에 출시한 황금빛 십이면체 뇌파 큐브였다. 왜 내
가 원하지도 않은 선물을 주는지는 뻔했다.

"이게 공간 지각 능력을 향상시키는 데 진짜 효과적이래. 우리
시은이가 다른 건 다 회복했는데, 공간 지각 능력은 아직 조금 부
족한 것 같아서 아빠가 큰맘 먹고 산 거야. 이걸로 SBM 테스트를
준비하면 돼. 그리고……."

아, 오늘만은 '그 말'을 듣고 싶지 않았는데. 내 마음도 모르고
아빠는 기어이 뒷말을 덧붙였다.

"어렵게 들어간 학교니 더 잘 해내야지. 오빠처럼 일등까지는
아니더라도 상위권은 유지해야 한다. 그래야 내 딸이지."

익숙했지만 아픈 말이었다.

아빠는 내게 칭찬을 할 때도, 야단을 칠 때도 우등생인 오빠를 들먹인다. 국립 영재 학교에서 최상위권 성적을 유지하고 있는 오빠는 아빠의 자랑이니까 당연하다. 하지만 나도 아빠에게 인정받고 싶어서 죽어라 노력했다. 게다가 오늘은 아빠가 그렇게 바라던 영재 학교에 등교한 첫날이다. 그런데도 나는 아빠에게 자랑거리가 아니라 근심거리에서 벗어나지 못한 듯했다.

아빠는 풀이 죽은 내 어깨를 두드리며 목소리를 한껏 끌어 올렸다.

"큐브 다 맞추면 그 안에 진짜 선물이 있어. 그러니까 포기하지 말고 끝까지 해 봐. 아빠는 우리 시은이 믿는다."

믿는다는 아빠의 말 한마디에 쪼그라들었던 마음이 다시 부풀어 올랐다. 나는 아빠를 와락 끌어안았다.

"응! 열심히 해 볼게요. 아빠, 고마워!"

곧장 2층에 있는 내 방으로 뛰어 들어갔다. 마음이 급해 교복도 갈아입지 않고 침대에 걸터앉았다. 사실 진짜 선물을 확인하고 싶은 것보다 아빠한테 인정받고 싶은 마음이 더 컸다.

설명서에 따르면 뇌파 큐브는 손이 아닌 뇌파로 움직이는 거였다. 뇌에서 공간 지각 능력을 담당하는 두정엽 부분을 활성화시키면 특정 뇌파가 나오게 된다. 이 특정 뇌파를 이마에 붙인 센서가 감지하게 해 허공에 홀로그램 큐브를 만드는 것이 첫 번째 단계였다. 뇌파가 강하면 강할수록 홀로그램 큐브를 더 쉽게 자유

자재로 움직일 수 있다고 했다.

"그러니까 홀로그램 큐브가 움직이는 대로 진짜 큐브가 저절로 형태를 바꾼다는 거구나. 뭐, 쉽네."

나는 자신 있게 뇌파 큐브를 노려보았다. 하지만 머리만 아플 뿐 가상의 큐브는커녕 점 하나도 생기지 않았다. 주문을 외기도 하고, 명상 음악을 틀기도 했지만 아무 소용이 없었다.

"눈에 보이지도 않는 뇌를 어떻게 활성화시키라는 거야?"

채 한 시간도 되지 않아 나는 포기를 외치며 큐브를 침대에 던져 버렸다.

"무슨 포기가 그렇게 빨라?"

언제 학교에서 돌아왔는지 오빠가 방문 앞에 서 있었다.

"아버지가 사 주셨다며? 넥스트 테크놀로지의 한정판 골드 클래스 뇌파 큐브 말이야."

침대 위에 아무렇게나 던져 둔 큐브를 보며 오빠가 눈을 빛냈다. 맛있는 음식이며 좋은 학용품을 늘 내게 양보하던 오빠가 뭔가를 탐내는 걸 본 건 처음이었다. 왠지 으쓱한 기분이 들었다. 나는 조금 전에 내던졌던 큐브를 소중하게 집어 들었다.

"오빠도 잘 아네. 이거 엄청 비싸고 구하기 힘든 거래."

"시은아, 그거 오빠 한 번만 해 보자. 얼른 하고 돌려줄게. 응?"

"미안하지만 안 돼. 아빠가 이 안에 다른 선물도 넣어 놨다고 했단 말이야."

그때였다. 갑자기 오빠가 내가 들고 있던 뇌파 큐브를 낚아챘다. 예상치 못한 행동에 얼이 빠진 사이, 오빠는 잽싸게 자기 방으로 튀었다. 뒤를 쫓았지만 오빠의 방문은 이미 굳게 잠긴 뒤였다. 나는 문을 쿵쿵 두드리며 소리쳤다.

　"문 열어! 그거 내 거잖아. 내가 먼저 할 거야. 그런 다음 빌려주면 되잖아!"

　하지만 아무리 문을 세게 두드리고 발로 차도 오빠는 나오지 않았다.

　"아빠한테 이를 거야!"

　몸을 돌리려는 순간, 방문이 열렸다. 오빠가 집게손가락을 세워 내 입술에 갖다 댔다. 아빠에게는 비밀로 해 달라는 듯 한쪽 눈을 찡긋하기도 했다. 그러고는 내 눈앞에 완성된 큐브를 들이밀었다. 그 짧은 시간에 십이면체의 색깔을 다 맞춘 거였다.

　"이것 봐! 내가 잠깐이면 된다고 했잖아."

　뿌듯하게 웃는 오빠가 얄미웠다.

　"오빠 너무해. 나한테까지 그렇게 잘난 척하고 싶어? 빨리 내놓기나 해."

　내가 짜증을 내자 오빠는 어느새 다시 흐트린 뇌파 큐브를 돌려주었다.

　"너도 제대로 해 봐야지. 시은아, 머릿속에 입체 큐브를 그려. 그리고 가상의 손이 있다고 생각하는 거야. 집중해서 해 봐. 너 이

것도 못 하면 SBM 테스트 통과 못 해."

방금 전까지 싱글거리던 오빠가 진지한 얼굴로 말했다.

"나 그렇게까지 바보 아니거든. 두고 봐! 내가 오늘 밤 안에 이거 다 맞출 거야."

나는 그렇게 소리친 후 내 방으로 돌아왔다.

오기가 발동해 밤새 뇌파 큐브에 매달렸다. 처음에는 쉽지 않았다. 하지만 몇 시간이나 큐브를 째려보다 보니 어느 순간 눈을 감아도 큐브의 크기와 무늬, 재질까지 또렷하게 떠올릴 수 있었다. 그 순간, 허공에 홀로그램 큐브가 나타났다.

그 뒤로는 일사천리였다. 이때 내 뇌 시티(CT)를 찍었다면 대뇌 피질 중심 고랑의 뒤쪽 상부와 두정 후두 고랑 앞쪽에 있는 두정엽이 반짝반짝 빛나는 것을 볼 수 있었을 것이다. 나는 뇌파를 이용해 이리저리 큐브를 맞추었다.

"와! 드디어 다 맞췄다. 내가 해냈다고!"

어느새 내 손 위에는 열두 가지 색이 질서정연하게 정리된 큐브가 들려 있었다.

완성된 큐브 윗면에 뜬 'FINISH' 버튼을 터치하자 한 면이 뚜껑처럼 열렸다. 그러나 안은 텅 비어 있었다. 믿기지 않아 큐브 안에 손을 넣어 휘저었다. 손가락 끝에 딸려 온 건 손톱만 한 메모리 잇이었다. 의아한 마음으로 메모리 잇을 누르자 순식간에 허공에 메시지가 떠올랐다.

[10월 21일 오전 열 시 오란로 1042번지 왕벚꽃나무 앞]

십 초 후, 낯익은 오빠의 필체가 담긴 홀로그램 메시지가 사라졌다. 어이가 없었다.

"21일이면 2주 뒤 일요일이잖아. 그날이 무슨 날인가?"

늘 진지한 오빠가 이렇게까지 장난을 치다니 너무 이상했다. 그 이유를 반드시 알아내리라 생각하며 스마트 밴드에 일정을 등록했다.

밤을 새느라 뻐근해진 목과 어깨를 돌리다 창밖에 시선이 멈추었다. 어느새 하늘이 보라색에서 주황색으로 변하고 있었다. 희미해진 달이 눈부신 붉은 태양에 밀려나더니 사라졌다. 잠시 후, 왼쪽 달에 이어 오른쪽 달도 하늘에서 자취를 감췄다. 학교에 갈 시간이었다.

스트거만
증후군

밤을 샌 탓인지 물먹은 솜처럼 몸이 무거웠다. 등굣길부터 이렇게 힘든데 오늘 하루를 어떻게 버틸지 걱정이었다.

교문 옆 전자 보관소 앞에 선 나는 스마트 밴드를 빼서 개인 서랍에 넣었다. 서랍 문을 닫으려는데 메시지 하나가 도착했다.

"어? 엄마다."

메시지에는 홀로그램 꽃다발을 내민 엄마가 전학을 축하한다고 말하는 영상이 담겨 있었다. 엄마 뒤로 바깥 풍경이 그대로 비치는 전면 창이 보였다. 캄캄한 어둠 속에서 푸른색으로 빛나는 구슬 같은 별 하나가 떠 있었다. 지구였다.

엄마는 오른쪽 달 연구 기지의 시스템 엔지니어 팀 팀장이라

늘 바쁘다. 그래도 특별한 날에는 잊지 않고 영상 메시지를 보낸다. 하지만 기대한 것에 비해 형식적인 축하 인사만 담겨 있어서, 솔직히 섭섭했다.

내가 혼수상태에서 깨어나자마자 엄마는 다시 달 기지로 돌아갔다. 그래서인지 엄마에 대한 기억은 희미하기만 하다. 아빠가 보여 준 과거 영상 속의 엄마는 언제나 다정한 얼굴이었다. 내가 사랑스러워 견딜 수 없다는 듯 환하게 웃고, 나를 따뜻하게 안아 주던 엄마. 그 기억들이 조금이나마 되살아나면 좋을 텐데. 기억이 모조리 빠져나간 까만 구멍은 좀처럼 채워지지 않았다.

"뭐 해? 안 들어가?"

누군가가 뒤에서 내 어깨를 툭 쳤다. 놀라 돌아보니 같은 반인 서보라가 단발머리를 흔들며 살갑게 웃고 있었다.

"어어? 안, 안녕!"

보라는 자연스럽게 내 팔짱을 끼더니 비밀 이야기라도 하듯 속삭였다.

"너, 학생회장 최시후 선배 동생이라며?"

"그건 어떻게 알았어?"

"역시 천재의 유전자는 달라. 네가 제3별관 미로를 금방 푼 게 너무 인상적이어서 조사 좀 해 봤지."

적어도 학교에서는 내가 오빠 동생이라는 사실을 감추고 싶었는데, 벌써 들켜 버리고 말았다. 달갑지 않아 하는 내 표정은 아랑

곳없이 보라가 내 손을 덥석 잡았다.

"그래서 말인데…… 시은아, 우리 친하게 지내자!"

"갑자기? 왜?"

보라의 관심이 불편했다. 아직 마음의 준비가 되지 않았는데 내 안전거리 안으로 훅 넘어오려는 것이 싫었다. 더군다나 증강 현실 미로를 푼 건 내 능력이 아니었다. 괜히 가까이 지내다가 진실을 들키고 싶지는 않았다. 완곡하게 거절하려는데 보라의 입에서 뜻밖의 말이 흘러나왔다.

"실은 나, 시후 선배랑 결혼하는 게 꿈이거든."

"뭐? 너 우리 오빠랑 사귀어?"

보라는 시무룩하게 고개를 저었다.

"안타깝게도 아직은 아니야. 시후 선배는 내 존재도 모르는걸. 하지만 언젠가는 꼭 그렇게 될 거야. 시은이 네가 날 도와주면 그날이 더 빨리 오겠지?"

그러니까, 보라가 나랑 친하게 지내고 싶은 건 오빠 때문이었다. 얘는 내가 천재든 아니든 상관없이 똑같이 친한 척했겠지. 그렇게 생각하자 피식 웃음이 났다. 보라는 내 웃음을 제 말에 긍정하는 거라고 받아들였는지 얼굴이 한껏 환해졌다. 이 엉뚱한 아이를 진짜로 오빠에게 소개시켜 주면 어젯밤 일에 대한 소소한 복수가 될 수 있을까 상상하자 묘하게 통쾌해졌다.

우리는 각자 다른 이유로 웃으며 본관까지 함께 걸었다. 그런데 무슨 일인지 아이들이 현관 앞에 잔뜩 몰려 있었다.

"그만해!"

폭발하는 듯한 화난 목소리에 반사적으로 고개가 돌아갔다. 우리는 소리를 좇아 무리를 비집고 들어갔다. 아이들의 시선이 쏠린 곳을 쳐다보던 나는 깜짝 놀라고 말았다. 어제 숲에서 날 도와줬던 바로 그 남학생이 서 있었다.

무심하던 갈색 눈이 오늘은 한껏 올라간 채로 정면을 쏘아보고 있었다. 그 앞에 대치 중인 사람은 노란색 넥타이를 멘 2학년 남자 선배 세 명이었다. 그 중간에 우리 학교 교복이 아닌, 위아래가 붙은 베이지색 옷을 입은 여자애가 떨고 있었다.

보라가 의아하다는 듯 고개를 갸웃거렸다.

"학교 일에는 별 관심도 없는 서해준이 왜 저러지?"

나는 가방 안쪽에 넣어 둔 롤러블 태블릿을 의식하며 물었다.

"저 애를 알아?"

"그럼. 우리 반이잖아. 아! 어제 미술 수업 시작 전에 잠깐 왔다가서 너는 못 봤나 보다. 해준이 쟤, 체육 특기생이라 수업은 거의 안 들어. 곧 프로 데뷔를 앞두고 있는 주니어 펀칭 챔피언이고. 보다시피 잘생겨서 팬도 엄청 많은 우리 학교 유명 인사지."

좀 의외였다. 숲에서 만났을 땐 교칙이나 성적 따위에는 관심 없는 문제아로만 보였는데.

"근데 해준이라는 애, 저 여자애랑 아는 사인가?"

"설마. 해준이가 재활소 애를 알 리가 없지."

"재활소? 스트거만 증후군 애들 수용하는 곳 말이야?"

"응, 우리 학교에 재활 프로젝트 연구 팀이 있거든. 매주 한 번씩 그 프로젝트에 참여하러 오는 애들이 있어. 그런데 연구실은 반대 방향일 텐데 왜 여기에 있지?"

나는 긴 머리카락을 하나로 묶은 수수한 여자애를 조심스럽게 쳐다보았다. 실제로 스트거만 증후군, 그러니까 유전적인 이유로 두정엽에 장애가 있는 아이를 보는 건 처음이었다.

그때 해준을 노려보던 덩치 큰 선배가 소리쳤다.

"야! 서해준, 너 뭐야? 인기 좀 있다고 까부나 본데, 넌 선후배도 없냐?"

해준은 전혀 기죽지 않은 얼굴로 대꾸했다.

"선배면 아무한테나 시비 걸어도 되는 겁니까? 게다가 우리 학교 학생도 아니고 연구에 참여하러 온 사람인데."

"누가 시비를 걸었다고 그래? 길을 못 찾고 있기에 알려 준 것뿐이야. 오른쪽 왼쪽 구분 못 하는 건 쟤 잘못이지. 그렇게까지 못 알아들을 줄 알았나."

덩치 선배가 여자애를 가리키며 비웃자, 나머지 선배들도 낄낄거렸다.

스트거만 증후군은 좌우 구별이나 간단한 수 계산이 불가능하다. 길을 찾지 못하는 것은 당연한 일이다. 저 선배들은 그걸 뻔히 알면서도 여자애한테 길을 가르쳐 준다며 이리저리 끌고 다녔을 것이다. 어제 길을 헤매며 막막했던 기억이 떠올라 나까지 화가 치밀었다.

그러는 사이 해준을 알아본 아이들이 점점 더 몰려들었다. 덩치 선배는 나를 포함한 아이들을 쭉 둘러보았다. 그러더니 주인공이 된 걸 즐기기라도 하듯 과장된 몸짓으로 입을 열었다.

"그러니까 저런 병신들을 우리 학교에 들인 것부터가 문제야. 저능아로 태어났는데 그게 고쳐지겠어?"

덩치 선배의 말이 떨어지자마자 패거리들이 거들고 나섰다.

"그러게. 너 1 더하기 1이 뭔지나 아냐?"

"아, 나는 저런 애들 보는 것만으로도 불쾌해. 바보 바이러스가 옮을까 봐 무섭다니까."

유전적 문제라 전염이 될 리가 없다. 그런데도 대놓고 바이러스 취급하는 것은 스트거만 증후군을 치명적인 장애로, 재활소 아이들을 사회의 낙오자로 취급하는 분위기 때문이다.

"그만하라고요!"

더는 참지 못하겠는지, 그렇게 외친 해준은 선배들을 향해 돌진했다. 해준이 뻗은 주먹이 바보 바이러스가 어쩌고 했던 곱슬머리 선배의 턱을 정확하게 강타했다. 곱슬머리 선배는 비틀거리더니 하필 내 앞에 쓰러졌다.

비명을 지르며 뒤로 물러나는 다른 아이들과 달리 나는 움직이지 않았다. 나도 왜 그랬는지 모르겠다. 아주 짧은 순간이었지만 해준과 눈이 마주쳤을 때, 그 애의 눈동자에 담긴 깊고 무거운 적개심을 보아서일까?

곧 몸을 돌린 해준은 달려드는 덩치 선배의 주먹을 상체를 숙여 피했다. 그리고 곧장 날카로운 어퍼컷을 날렸다. 놀랍게도 내 눈에는 그 모든 동작이 또렷하게 보였다.

덩치 선배가 쓰러지자 마지막으로 남은 선배가 뒷걸음질했다. 뭔가를 찾는 듯 주위를 둘러보던 선배는 둘러싼 아이 중 하나가 들고 있던 하키 스틱을 뺏어 들었다. 그러고는 곧바로 해준의 등을 향해 뛰기 시작했다. 해준은 다시 덤벼드는 덩치 선배를 상대하느라 그 모습을 보지 못한 듯했다.

더 생각할 것도 없었다. 나는 하키 스틱을 든 선배가 내 앞을 지날 때 한쪽 발을 살짝 내밀었다. 내 발에 걸린 선배는 요란한 소리를 내며 넘어지고 말았다. 아이들이 와하하, 웃음을 터뜨렸다. 얼굴이 벌게진 선배는 몸을 일으키더니 곧장 내게 달려들었다.

"아앗, 시은아! 조심해!"

보라의 비명이 울렸다. 마침 덩치 선배를 다시 때려눕힌 해준이 고개를 돌려 나를 보았다. 해준과 눈이 마주친 순간 그 애의 눈에서 불꽃이 튀었다. 하지만 이를 악물고 달려오는 해준보다 하키 스틱이 더 빨랐다. 부웅, 스틱이 바람 소리를 내며 날아들었다.

'이런 미친, 정말 날 때리겠다고?'

겁에 질려 새하얘져 버린 머리와 달리 몸이 제멋대로 움직였다. 나는 허리를 슬쩍 비틀어 하키 스틱을 피한 후, 균형이 흐트러진 선배의 옆구리를 향해 오른팔을 쭉 내밀었다. 퍽! 주먹 끝에 꽤 큰 충격이 느껴졌고, 선배는 비틀거리며 다시 넘어졌다.

"모두 동작 그만!"

어디선가 우렁찬 목소리가 들려왔다. 아이들이 반으로 쫙 갈라지자 그 사이로 학생회장, 그러니까 시후 오빠가 걸어왔다. 위엄 가득한 오빠의 옆에는 학생 자치회 임원들이 두 명 더 서 있었다. 학생 자치회 사람들 머리 위에서 감시 드론 로봇이 위잉 소리를 내며 날고 있었다. 저 드론이 학생 자치회에 소동을 알린 듯했다. 우리 학교는 학생들 간의 문제는 학생 자치회에서 우선적으로 해결하는 것을 원칙으로 했다.

오빠는 순식간에 기가 죽은 2학년 선배들 앞에 섰다. 그러고는 아직 씩씩거리는 해준과 두 주먹을 꽉 쥔 채 가드를 올리고 있는 나를 거쳐 벌벌 떨고 있는 여자애까지 쭉 훑어봤다. 드론으로 이미 상황 파악을 끝냈는지, 오빠는 곧바로 여자애에게 다가가 고개를 깊이 숙였다.

"정말 미안합니다. 이 학교 학생회장으로서 제가 대신 사과드립니다. 연구실을 찾고 있었던 거지요?"

오빠가 눈짓을 하자 옆에 서 있던 한 임원이 여자애를 데리고 자리를 떠났다. 여전히 겁먹은 듯 보였지만, 여자애는 해준을 돌아보며 감사 인사하는 것을 잊지 않았다. 해준도 고개를 까닥여 보였다.

다시 몸을 돌린 오빠는 2학년 선배들과 해준에게 이 일에 대해 자세하게 물어볼 것이니 자치실로 오라고 했다. 나는 쭈뼛거리며 물었다.

"저, 저는요?"

오빠가 의아하다는 듯 나를 내려다보았다.

"어제 전학 온 1학년이 이 일과 직접적인 관련이 있나?"

내가 뭐라고 하기도 전에 보라가 내 팔을 잡아끌면서 대꾸했다.

"아니에요, 시은이는 구경만 했어요, 구경만. 잘못 내딛은 발에 저 선배가 걸려 넘어진 것뿐이에요. 그런데도 얘를 때리려고 했다니까요."

"다음부턴 구경은 멀찌감치 떨어져서 하는 게 좋겠네."

오빠는 내게 더 눈길을 주지 않고 옆을 쓱 지나쳐 갔다. 그 뒤를 죄인처럼 고개를 숙인 2학년 선배들이 절뚝이며 따랐다. 해준 역시 내게 어떤 말이나 눈짓도 남기지 않은 채 걸어갔다.

아이들도 다 흩어져 텅 빈 현관 앞에 우두커니 남은 나는 맥이 쭉 빠졌다. 선배들이야 쪽팔려서 날 모른 척한다 치더라도, 해준은 나한테 고맙다는 인사 정도는 해야 하는 거 아닌가?

해준이 사라진 방향을 노려보며 서 있는 내 어깨를 보라가 툭 쳤다. 그러고는 흥분한 얼굴로 허공에 대고 어설프게 팔을 휘두르며 말했다.

"시은아, 너 펀칭 배운 적 있어? 아까 주먹을 이렇게 확 뻗는데 완전 프로 같았어."

그러고 보니 아무리 급했다고 해도 방금 나는 영 나답지 않았다. 아빠가 보여 준 과거 영상 속 나는 그림 그리기를 좋아하는 얌전한 애였는데…….

"아니, 전혀."

"정말? 너 알고 보면 운동 능력도 엄청난 거 아니야? 어우, 너희 남매는 왜 이렇게 쌍으로 멋있는 거야!"

잔뜩 호들갑을 떨던 보라가 갑자기 놀란 듯 소리쳤다.

"으앗! 이러다 지각하겠어. 시은아, 빨리 가자!"

그 말에 정신이 번쩍 들었다. 먼저 뛰기 시작한 보라를 따라 헉헉거리며 달렸다. 잠도 못 잤는데 아침부터 기운을 다 뺐다. 전학 이틀째, 오늘 하루도 파란만장할 것 같은 예감에 휩싸였다.

숨 쉴
구멍

방심했다. 담임이 종례를 하기도 전에 해준이 나가 버릴 거라
고는 생각하지 못했다.

"으이그, 이 멍청이!"

나는 내 머리를 쿵 쥐어박았다.

예상과 달리 해준은 수업이 시작되기 전 교실로 돌아왔다. 하
지만 내내 엎드려 자거나 창밖만 보는 해준과 단둘이 있을 기회
는 좀처럼 오지 않았다. 아니, 나를 알아보기나 했는지도 모를 일
이었다. 어쩔 수 없이 방과 후를 노려야겠다고 생각했는데 허를
찔린 것이다.

해준의 빈자리만 초조하게 바라보던 나는 담임이 나가자마자

벌떡 일어났다. 헉헉거리며 교문까지 단숨에 달려갔지만 역시 해준의 모습은 보이지 않았다. 포기하고 돌아서려는데 갑자기 어떤 생각이 스쳤다.

'운동하는 애가 갈 곳은 하나뿐이잖아. 체육관. 게다가 유명한 주니어 펀칭 선수라고 했으니까 체육관에서는 당연히 그걸 홍보할 테고 말이야.'

나는 교문 옆 보관함에서 스마트 밴드를 찾아 검색을 시작했다. 얼마 지나지 않아 '당신도 챔피언이 될 수 있다! 위너 밸런스 펀칭 센터'라는 제목의 홍보 영상에서 해준의 사진과 프로필을 찾을 수 있었다.

다행히 해준이 다니는 펀칭 센터는 멀지 않았다. 나는 곧바로 자율 주행 택시를 호출했다. 아빠가 알면 기함을 할 테지만, 어차피 오늘 일은 철저히 비밀로 할 생각이었다.

택시 안은 쾌적했고 스마트 도로는 막힘이 없었다. 열다섯 살이 넘으면 탈 수 있는 자율 주행 바이크도 여럿 보였다. 이런 편리한 세상에 아빠는 직접 운전하는 수동형 클래식 자동차만 고집한다. 뿐만 아니라 오빠와 내게도 자율 주행 바이크는 물론 택시도 못 타게 한다. 아빠는 왜 그렇게 자율 주행 시스템을 싫어할까? 혹시 그게 사고와 관련이 있을까? 내가 충격을 받을까 봐 그런지 자세한 사고 얘기는 듣지 못해서 그저 짐작만 할 뿐이었다.

"고객님, 위너 밸런스 펀칭 센터 앞에 도착했습니다."

택시에 탑재된 인공 지능이 도착을 알렸다. 서둘러 아빠에 대한 생각을 몰아내고 택시에서 내렸다. 엘리베이터를 타고 펀칭 센터가 있는 9층까지 왔지만 막상 들어갈 용기가 나지 않았다. 투명한 문 너머로 운동하는 젊은 남자들의 모습이 보였다.

해준을 찾아 기웃기웃하고 있는데 갑자기 센터 문이 열렸다. 민소매 아래 어마어마한 근육질 팔을 드러낸 한 아저씨가 나오더니 다짜고짜 버럭 소리를 질렀다.

"넌 뭐야?"

걸걸한 목소리에 놀라 나도 모르게 뒷걸음을 쳤다. 그런 나를 아래위로 훑어보던 아저씨가 딱하다는 듯 혀를 찼다.

"또 해준이 팬이냐? 이거야 원, 하루에 꼭 몇 명은 찾아오니 성가셔 죽겠네. 학생, 진짜 해준이를 위한다면 쫓아와서 운동 방해하지 말고, 그 뭐냐, 메타버스에서 팬 미팅 같은 거 하잖아. 거기 가서 응원도 하고 굿즈도 사고 그래."

아저씨는 한심한 극성팬을 빨리 쫓아내 버리고 싶다는 듯 손까지 내저었다. 밖에서 안이 보이니 당연히 안에서도 밖이 보일 거라는 생각을 했어야 했다. 교복까지 입고 서성였으니 오해를 사기 딱 좋았다. 창피함에 얼굴이 벌게진 나는 도망치고 싶은 걸 참으며 입을 뗐다.

"그, 그런 거 아니거든요?"

"아니면 뭐냐? 설마 여자애가 펀칭을 배우러 온 건 아닐 테고."

아저씨가 내 빈약한 팔다리를 내려다보며 코웃음을 쳤다. 왠지 모르게 울컥 화가 치밀었다.

"왜요? 여자는 못 배운다는 법이라도 있어요?"

"그런 건 아니지만…… 진짜 펀칭을 배우러 왔다고? 네가?"

황당함을 넘어 어이없어하는 아저씨의 표정을 보자 스스로도 이해할 수 없는 오기가 생겼다. 그래서 나도 모르게 고개를 끄덕여 버렸다. 아저씨는 별 웃기는 소리 다 듣는다는 듯 푸하하, 크게 웃었다.

그때였다.

"황 감독님, 걔 진짜 소질 있어요. 제가 보장할게요."

언제 왔는지 운동복 차림의 해준이 내 옆에 서며 말했다. 그 말에 아저씨보다 내가 더 놀라 큰 소리로 되물었다.

"내가?!"

해준은 무심한 얼굴로 고개를 끄덕였다.

"응, 가드 올리는 거나 주먹 뻗는 게 예사롭지 않던데. 낙법도 그렇고."

뭐? 그래서 처음 만난 날 나를 일부러 넘어뜨리고는 "제대로 된 낙법이네" 따위의 말을 한 거였나. 선배들이랑 싸우던 그 급박한 순간에도 내가 뭘 하는지 다 봤단 말이지? 그러고도 고맙다는 말 한마디 안 했고?

그런 생각을 하고 있는데 갑자기 황 감독님이라는 아저씨가 내 팔을 잡아끌었다.

"그래? 해준이가 보장한다면 진짜지. 잘됐다. 올해부터는 여자부 경기도 열리잖아. 거기 나갈 실력이 되는지 어디 한번 볼까."

그러고는 싱글벙글 웃으며 내 등을 떠밀었다. 얼결에 센터 안으로 들어온 내게 해준이 펀칭 글러브를 안기며 말했다.

"스파링 상대는 내가 할게."

"뭐? 하, 하지만…… 나 펀칭 한 번도 해 본 적 없는데."

당황해서 얼른 거절했지만 아무도 내 말을 듣지 않았다. 황 감독님은 일단 해 보라며 나를 펀칭 부스 안으로 밀어 넣었다. 그리고 각종 센서가 달린 웨어러블 슈트 조끼를 입혀 주었다.

"밸런싱 펀칭의 기본은 복싱에서 왔어. 하지만 실제로 사람을 때려눕히는 건 너무 야만적이잖아? 그래서 나온 게 펀칭이야. 양 선수가 펀칭 박스 안에 들어가서 이 슈트를 입으면, 링 위에 홀로그램으로 된 아바타 선수들이 나오지. 아바타가 대신 맞는 거지만 타격감은 제법 느껴질 거야. 그리고 알고 있다시피 해준이는 주니어 챔피언이라서 주먹이 제법 세다. 그러니까 가급적 맞지 말고 잘 싸워 봐."

펀칭에 대해 간략하게 설명한 황 감독님은 마지막으로 두 손을 들어 보이며 파이팅을 외쳤다.

링 위에는 실제 해준의 모습을 한 홀로그램 아바타가 벌써 준비를 다 끝내고 서 있었다. 도망가기에는 이미 늦었다.

글러브를 양손에 낀 나는 긴 한숨을 내쉬며 박스 안 'START' 버튼을 눌렀다. 그러자 내 홀로그램 아바타가 링 위에 나타났다. 그와 동시에 해준이 바로 눈앞에 서 있는 것처럼 생생하게 보였다. 손을 들어 얼굴을 만져보고 싶을 정도로 진짜 같았다.

"준비! 스타트!"

시작 신호가 울렸다. 가드를 올린 해준이 내 주변을 빙빙 돌았다. 뭘 어떻게 해야 할지 몰라 하고 있는데 갑자기 눈앞으로 주먹이 날아왔다. 미처 피하지도 못할 만큼 빨랐다. 타격감이 느껴진다더니 진짜로 코끝이 얼얼했다.

띠링. 전자음과 함께 해준의 아바타 위에 +3이 표시됐다. 그 뒤에도 잔 펀치를 몇 차례나 더 얻어맞았다. 그럴 때마다 +3, +4 같은 숫자가 계속 표시됐다.

상처가 날 정도는 아니었지만 여러 번 맞으니 제법 아팠다. 부아가 나서 주먹을 마구 휘둘러 봤지만, 매번 헛스윙이었다. 얻어맞을 때마다 가슴속에서 자꾸만 뜨거운 불덩이 같은 화가 솟구쳤다. 저 잘난 얼굴을 딱 한 대만 치고 싶었다. 딱 한 대만.

그때였다. 누군가의 목소리가 들렸다.

"주먹을 끝까지 봐. 딱 한 번만 피하는 거야."

해준인가? 하지만 내 눈앞에 있는 해준의 아바타는 날카로운 눈빛으로 공격할 틈만 노리고 있었다. 누구 목소리지? 얼떨떨해하는 내게로 해준의 주먹이 뻗어 왔다. 더 생각할 겨를이 없었다.

'그래, 지금은 주먹에 집중하자.'

나는 두 눈을 부릅뜨고 해준의 글러브를 노려보았다. 그러자 놀랍게도 다가오는 주먹이 느리게 느껴졌고, 그대로 상체를 숙여 피할 수 있었다. 내친 김에 얼굴을 막느라 바빴던 오른쪽 주먹을 쭉 내뻗었다. 손끝에 묵직한 타격감이 느껴졌다. 제대로 맞았는지 해준의 아바타 턱이 왼쪽으로 휙 돌아갔다.

와아!

환호성이 들려왔다. 고개를 들어 보니 내 아바타 위에 +10이라는 숫자가 표시됐다.

그 순간, 정수리에 찌릿, 하고 전율이 느껴졌다. 아드레날린이 마구 솟아 몸이 붕 떠오르는 것 같았다. 수십 대를 맞다 겨우 한 대 때렸을 뿐인데도 가슴이 벅차올랐다.

펀칭 부스의 문이 벌컥 열리더니 황 감독님이 뛰어 들어왔다.

"해준이 말이 맞았네. 너, 당장 우리 체육관에 들어와라. 내가 여자 챔피언 만들어 줄게."

미술 입시 때문에 붓만 잡았던 내가 펀칭에 소질이 있다고? 어안이 벙벙해진 내게 황 감독님이 입단 신청서를 내밀었다. 뭔가에 홀린 듯이 서명을 하려던 순간, 스마트 밴드에서 진동이 느껴졌다. 아빠였다.

찬물을 뒤집어 쓴 것처럼 정신이 확 들었다. 영재 학교를 좋은 성적으로 졸업하고 최고의 아트 디렉터가 되는 것이 아빠와 내가 원하는 미래다. 그런데 펀칭 선수라니, 이건 정말 말도 안 된다.

"죄송해요. 한 번만 다시 생각해 볼게요."

나는 그대로 센터를 뛰쳐나왔다. 엘리베이터를 타고 내려오는 내내 숨이 잘 쉬어지지 않았다. 간신이 트였던 숨통이 무거운 돌로 콱 틀어막힌 것 같았다.

건물을 빠져나오고서야 또 해준에게 태블릿을 돌려주지 못했다는 걸 깨달았다. 하지만 되돌아갈 엄두는 나지 않았다. 아빠의 메시지가 연신 울려 대고 있는데 발길이 떨어지지도 않았다. 생전 처음 사탕의 맛을 느낀 순간, 입안에 있던 사탕을 홀랑 뺏긴 기분이었다. 자꾸 억울하고 화가 나는데, 뺏긴 게 뭔지 몰라 당혹스러웠다.

그런 내 눈앞에 불쑥 손 하나가 나타났다. 해준이었다.

"돌려줘."

순간 머릿속이 새하얘진 나는 바보같이 되물었다.

"으응? 뭘?"

"태블릿. 너 진짜로 펀칭 배우려고 온 거 아니지? 생각해 보니 네가 여기 올 이유, 하나밖에 없더라. 나한테 태블릿 돌려주려고 온 거잖아."

내가 가방에서 태블릿을 꺼내 주자 해준은 군말 없이 돌아섰다. 이상했다. 후련할 줄 알았는데 가슴에 구멍이 뚫린 것처럼 허전했다. 그래서였을까, 나도 모르게 해준의 등에 대고 외쳤다.

"그런데 10점은 잘한 거야?"

걸음을 멈춘 해준이 나를 천천히 돌아보았다.

"내가 아는 한, 국내에서 10점까지 내는 여자 선수는 다섯 손가락에 꼽혀."

그 말은, 나도 잘하는 게 있다는 것이었다. 심장이 요동치기 시작했다. 내가 뺏긴 게 뭔지 알 것 같아서.

그건 숨 쉴 구멍이었다. 잃어버린 기억 속의 나는 너무 뛰어나서 도통 나 같지가 않았다. 그럼에도 불구하고 빨리 과거의 내가 돼야 한다는 조급함에 시달렸다. 간신히 영재 학교에 들어갔지만 초조함은 사라지지 않았다. 사고 후유증으로 훼손된 공간 지각 능력을 되찾을 수 있을까. 그래서 오빠처럼 나도 아빠의 자랑이 될 수 있을까. 어쩌면 영영 회복할 수 없는 불량품이 돼 버린 건 아닐까. 그런 불안감으로 늘 숨이 막혔다.

그런데 내게도 뛰어난 재능이 있다는 해준의 말이, 깊은 물 속에서 허우적거리던 나를 수면 위로 끌어내어 주었다. 내가 불량품이 아니라고 인정해 주었다. 신선한 공기가 폐를 가득 채우는 느낌이었다.

나는 해준을 바라보며 말했다.

"나, 배워 보고 싶어, 펜싱."

보름달
데이

몸을 뒤척일 때마다 앓는 소리가 저절로 흘러나왔다. 지난 며칠간 펀칭 센터에서 받은 훈련의 성과가 근육통으로 돌아온 탓이었다.

"아으, 진짜 내가 미쳤지. 왜 펀칭을 배운다고 해서 이 고생이야."

일어나 앉으려고 했지만 몸이 말을 듣지 않았다. 특히 배가 심하게 당겼다. 어제 해준과 스파링을 할 때 배를 연거푸 세 대나 얻어맞아서일까? 유효타를 하나도 날리지 못한 벌로 윗몸 일으키기 백 번을 해서일까? 그나마 다행인 건 오늘이 토요일이라는 거다. 침대에서 조금 더 뒹굴거릴까 하다 얼른 몸을 일으켰다.

"뭐 입고 가지? 해준이는 왜 하필 보름달 데이에 만나자고 해서 는……."

투덜거리는 말과 달리 거울 속의 나는 입꼬리를 한껏 올리고 있었다. 보름달 데이는 일 년에 딱 한 번, 두 개의 달이 겹쳐져 하 나로 보이는 날이다. 사람들은 이날에 둘이 하나가 된다는 로맨 틱한 의미를 부여했고, 좋아하는 사람에게 달 모양의 목걸이나 반지를 선물하며 사랑을 고백한다.

교복이나 체육복, 운동복이 아닌 모습을 보여 주는 건 오늘이 처음이다. 들뜬 마음으로 옷장 문을 열었지만 입을 만한 옷이 없 었다. 사고 나기 전 즐겨 입었다는 귀엽고 화려한 원피스와 코트 에는 도통 손이 가지 않았다.

그나마 제일 평범한 데님 원피스를 골라 입었는데 위에 걸칠 만한 옷이 마땅치 않았다. 한숨을 쉬며 옷장 서랍을 다시 밀어 넣 었다. 그런데 뭐가 걸렸는지 꽉 닫히지 않았다. 팔을 서랍 안쪽으 로 쭉 뻗어 보자 천 같은 게 만져졌다. 끄집어 당겨 보니 검은색 후드 점퍼였다. 옷걸이에 걸린 옷들과는 사뭇 다른, 넉넉하고 빈 티지한 느낌의 점퍼가 꽤 마음에 들었다.

"어떡해! 삼십 분밖에 안 남았잖아."

후다닥 점퍼를 걸치고는 학교 갈 때 메는 가방을 들었다. 스터 디 핑계를 댈 생각이라 너무 티 나게 놀러 가는 분위기를 낼 순 없 었다. 급히 계단을 내려와 운동화를 꿰신는 나를 주방에 있던 아빠가 내다보았다.

"토요일인데 어딜 가니?"

"다음 주에 스터디 프로젝트 발표가 있어서 애들이랑 준비하기로 했어요."

아빠 몰래 펀칭 센터에 다니기 위해서는 그럴듯한 알리바이가 필요했고, 보라에게 부탁할 수밖에 없었다. 덕분에 아빠는 내가 방과 후 보라와 함께 스터디 동아리에서 공부하는 줄 알고 있다.

빨리 나가야 하는데 아빠가 현관까지 달려 나왔다.

"시은아, 아무리 급해도 밥은 먹고 가. 너 좋아하는 갈치구이 했는데……."

아까부터 집 안을 떠돌던 비린내가 갈치구이 냄새였구나. 갑자기 빈속이 뒤집히며 헛구역질이 치밀었다. 아무리 기억을 잃었다지만 식성까지 달라질 수 있나?

그런데 콧잔등을 잔뜩 찡그린 나를 바라보는 아빠의 표정이 심상치 않았다. 아빠는 꼭 귀신이라도 본 것 같은 얼굴로 내가 입은 검은색 점퍼를 가리켰다.

"그, 그 옷은 어디서 난 거야?"

"옷장 서랍 사이에 껴 있던데요? 이런 옷이 있는 줄 몰랐는데 완전 편해서……."

내 말이 끝나기도 전에 아빠가 버럭 소리를 질렀다.

"빨리 그 옷 벗어! 아니, 당장 버려!"

"하지만 나 늦었는데……."

"당장 버리라니까!"

아빠가 저렇게 화를 내는 건 처음이었다. 나는 고개를 푹 숙인 채 방으로 돌아와 점퍼를 벗었다. 옷장에 있는 옷들과 스타일이 다르긴 했지만 별문제 없는 옷이었다. 아빠가 왜 저렇게까지 질색을 하는지 알 수 없었다.

이제 약속 시간이 정말 얼마 남지 않았다. 마음이 급해진 나는 아무 코트나 손에 닿는 대로 꺼내 입었다.

"아빠, 나 옷 갈아입었어. 됐죠? 빨리 올게. 갈치구이는 저녁에 많이 먹을게요."

주방으로 돌아간 아빠의 등에 대고 외친 후 뛰어나오면서 흘낏 돌아보니, 아빠는 어깨를 크게 들썩이며 숨을 몰아쉬고 있었다. 이상한 기분이 들었지만 지금은 약속이 더 중요했다. 나는 서둘러 달려 나갔다.

해준과 만나기로 한 곳은 쇼핑몰 2층에 있는 한 스포츠 매장 앞이었다. 급하게 오느라 헝클어진 머리를 매만지다가 매장 유리에 비친 내 모습을 보고 깜짝 놀랐다. 데님 원피스에 노란 반코트가 너무 눈에 띄었다. 거기에 긴 생머리와 붉게 상기된 얼굴까지. 누가 봐도 데이트 나온 여고생 같았다.

'미쳤어, 미쳤어. 글러브 사러 왔으면서 뭘 이렇게 차려입었어.'

사실 오늘 해준을 만나는 건 펀칭 센터의 유일한 여자인 내게 맞는 글러브가 없어 같이 사기로 했기 때문이다. 해준이 자기가 협찬받고 있는 브랜드의 할인권이 있다며 그 브랜드 매장 앞에서 만나자고 한 것이다.

"최시은, 일찍 왔네."

해준은 평범한 회색 점퍼에 청바지를 입고 있었다. 내 옷을 보고 놀리면 어쩌나 싶어 심장이 콩닥댔다. 하지만 해준은 무덤덤한 얼굴로 매장에 먼저 들어갔다. 다행이라고 생각하면서도 섭섭했다. 내가 거울 앞에서 얼마나 고민을 했는데, 해준에게 그런 건 아무 상관도 없어 보였다.

해준은 익숙한 듯 내 손에 맞는 글러브를 빠르게 골라 주었다. 조금 더 오래, 천천히 있고 싶었는데 너무 순식간에 끝나 버렸다. 계산을 끝내고 매장에서 나온 나는 글러브 상자를 든 채 머뭇거렸다. 이대로 해준을 보내기는 너무 아쉬웠다.

"서해준, 고마워. 나 혼자 왔으면 뭐 사야 할지 몰랐을 거야. 그래서 말인데……."

해준이 '뭔데?' 하는 눈빛으로 고개를 살짝 갸우뚱했다.

'지금이 절호의 기회야. 고마워서 밥 살게, 라고 자연스럽게 말하면 되잖아.'

해준의 반듯한 이마와 투명한 갈색 눈동자를 바라보며 마른 침을 꿀꺽 삼켰다. 그런데 입술을 떼려는 순간, 누군가가 내 이름을 불렀다.

"너 설마…… 최시은?"

비명에 가까운, 새된 여자애의 목소리였다. 고개를 돌려 보니 한 커플이 앞에 서 있었다. 긴 머리를 금발로 염색한 내 또래의 여자애는 귀신이라도 본 듯 하얗게 질린 얼굴이었다.

"최시은 맞아? 아, 아니지? 그럴 리가 없잖아."

처음 보는 애였다. 그러나 곧 내가 기억을 잃었다는 사실이 떠올랐다. 가족을 제외하고 나의 과거를 안다는 사람은 처음이었다.

"너 나를 알아?"

한 발 다가가며 되묻자, 여자애는 뒤로 주춤 물러났다. 그러더니 황급히 스마트 밴드를 켜고는 내 얼굴 옆에 홀로그램 영상을 띄웠다.

영상 속에는 놀랍게도 내가 있었다. 지금보다 앳된 얼굴로, 그 애와 함께 웃고 있었다. 낯선 교복을 입은 두 사람은 무척 친해 보였다.

"어? 정말…… 나잖아?"

나도 모르게 흘러나온 말이었다. 하지만 저런 영상을 찍은 기억은 전혀 없었다. 영상과 나를 번갈아 보던 금발 머리 여자애는 나보다 더 넋이 나간 표정으로 고개를 가로저었다.

"하지만…… 시은이는 이제 없는데. 내가 똑똑히 봤는데."

떨리는 목소리였다. 아니, 목소리뿐 아니라 온몸을 부들부들 떨고 있었다. 나는 이상함을 느끼면서도 묻지 않을 수 없었다.

"이제 없다는 게 무슨 뜻이야?"

말이 안 나오는 듯 입술만 벙긋대던 여자애가 겨우 목소리를 짜냈다.

"시은이는 일 년 전에 죽었단 말이야! 그것도 내 앞에서 사고를 당해서……!"

"뭐? 내가 죽었다니, 그게 무슨 헛소리야? 그거 나 맞아?"

좀처럼 이해할 수 없는 말에 목소리가 높아졌다. 비록 기억을 잃을 정도로 큰 사고를 당한 건 맞지만, 멀쩡히 살아 있는 내게 죽었다니. 별 해괴한 소리를 다 듣는다 싶었다. 그 애는 거칠어진 내 말투에 억울했는지 급히 다른 영상을 보여 주었다.

"헛소리 아니야. 자, 이걸 봐!"

바다가 내려다보이는 추모 공원 앞에서 우는 여자애의 모습이 흘러나왔다. 그리고 "흐윽, 시은아, 하늘나라에 잘 갔어? 거기서는 안 아픈 거지?"라는 말과 함께 납골당 안의 한 봉안함이 클로즈업됐다. 거기에는 '최시은'이라고 적힌 이름표와 내 사진이 붙어 있었다. 틀림없는 나였다.

"마, 말도 안 돼……."

큰 충격 때문인지 다리에 힘이 들어가지 않았다. 금방이라도 쓰러질 듯 비틀거리던 나는 나지막한 신음을 내뱉었다. 갑자기 머리가 끔찍하게 아파 왔다. 눈앞이 캄캄해지고 숨이 가빴다.

놀란 해준이 재빨리 다가와 내 어깨를 붙잡았다. 당황한 금발 머리 여자애는 남자 친구와 급하게 자리를 떴다. 그 모든 장면이 소리가 지워진 채 슬로 버튼을 누른 것처럼 느리게 움직였다.

"……시은아, 최시은! 내 말 들려? 나 좀 봐! 날 보라고!"

물속에 있는 듯 먹먹하게 들리던 해준의 목소리가 점차 또렷해졌다. 나는 가까스로 고개를 들었다.

"잘했어. 이제 천천히 숨을 내쉬는 거야. 할 수 있지?"

해준이 시킨 대로 몇 번이나 숨을 깊게 들이마시고 내쉬었다. 정신이 조금씩 돌아오자 얼굴이 화끈거렸다. 아무리 놀랐다고 해도 해준 앞에서 이렇게 못난 꼴을 보이다니. 그리고 상식적으로 생각해 봐도 그게 나일 리가 없지 않은가. 도플갱어나 복제 인간일 리도 없고 말이다.

어쩌면 신종 사기일지도 모른다. 최근 홀로그램 딥페이크 영상이 나오는 바람에 한바탕 난리가 났던 것이 떠올랐다. 생각이 거기까지 미치자 이성을 되찾을 수 있었다. 큰일도 아닌 걸로 호들갑을 떤 것 같아 무안하기까지 했다. 나는 최대한 별것 아니라는 투로 말했다.

"아까 그거 나 아니야. 아마 딥페이크 영상일 거야. 요즘은 범죄자들이 홀로그램도 완전 진짜처럼 구현한대."

"응, 나도 그렇게 생각했어."

순순히 고개를 끄덕이는 해준을 보며 말을 덧붙였다.

"그리고 두통은, 사고 후유증이야. 내가 일 년 전에 죽다 살아났거든."

사고 얘기는 가족 외에 누구한테도 꺼내지 않았다. 아빠는 사람들이 내게 장애가 남았다고 오해할 수 있으니 비밀로 하자고 했다. 그런데 왜 해준에게는 이렇게 쉽게 얘기해 버린 걸까?

"지금은 괜찮은 거야? 많이 아픈 것 같던데."

해준의 목소리에 걱정이 묻어났다. 날 바라보는 투명한 갈색 눈동자에도 온기가 돌았다.

그래, 아마도 나는 해준에게서 이런 반응을 얻고 싶었나 보다. 그냥 같은 반, 같은 펀칭 센터에 다니는 애가 아니라 조금 더 마음이 쓰이는 존재가 되고 싶었던 거다.

"응, 일상생활에는 아무 문제 없어. 가끔 두통이 생기긴 하는데 약 먹으면 대부분 가라앉아."

나는 가방에서 약통을 찾으며 대답했다.

아무렇지 않게 말하긴 했지만, 사실 두통은 날 가장 괴롭히는 문제다. 사고로 인한 부상과 통증은 대부분 치료됐지만, 두통만큼은 좀처럼 사라지지 않았다. 특히 뭔가가 떠오르려고 할 때마다 극심한 아픔에 시달린다.

아빠는 내가 기억을 되살리려고 너무 애를 써서 그렇다고 했다. 조급해하지 말라면서 아플 때마다 먹으라고 약을 건넸다. 신기하게도 그 약을 먹으면 마음이 편해졌다. 오늘은 딥페이크 영상이 캄캄한 기억의 파편을 건드린 듯했다.

"찾았다!"

나는 해준의 눈앞에 약통을 흔들며 웃었다. 그러자 해준은 당연하다는 듯 물을 찾아 주위를 두리번거렸다. 나를 신경 써 준다고 생각하니 심장이 몹시 두근거렸다. 그래서였다. 물을 사러 가는 해준의 팔을 붙잡고는 내내 입속에 맴돌던 말을 꺼냈다.

"그러지 말고 우리 밥 먹으러 갈래? 내가 배가 고프면 두통이 더 심해지거든. 글러브 사는 거 도와줬으니까 내가 밥 살게."

해준의 눈이 놀란 듯 휘둥그레졌다. 방금까지 아프다고 난리를 쳐 놓고 갑자기 아무 일 없다는 듯이 구는 내가 이상하겠지? 밥을 핑계로 치근덕대는 한심한 여자애로 보면 어쩌지 싶어 얼굴이 달아올랐다.

"진짜 괜찮겠어?"

"뭐가? 그, 그럼. 지금은 하나도 안 아파."

허둥거리며 대답하자, 해준이 고개를 저었다.

"아니, 나 밥 진짜 많이 먹는데 사 준다는 말 후회 안 하겠냐고."

"물론이지. 나 용돈 많이 남았어!"

나는 신나서 외쳤다. 뭐 먹을까? 나는 생선 빼고는 다 잘 먹어, 따위의 시답잖은 말을 하다가 나와 나란히 걷고 있는 해준의 웃는 얼굴을 올려다보았다. 눈이 마주치자 돌연 해준의 얼굴이 굳어졌다. 왠지 일부러 웃음을 밀어내는 듯 보였다.

'뭐야? 자꾸 웃어 주면 내가 착각할까 봐 그러나?'

파도처럼 넘실대던 마음이 다시 가라앉았다. 하지만 실망 대신 새로운 다짐을 했다. 머지않아 해준이 나를 보며 환하게 웃게 만들겠다고.

조금 전까지 당황을 넘어 공포스러웠던 딥페이크 영상은 까맣게 잊은 채, 내 마음은 온통 해준을 향했다. 이제 인정할 수밖에 없다. 나는 해준을 좋아한다. 해준도 그랬으면 좋겠다.

벚꽃 비

휘날리는

낯선 골목길의 오래된 벽돌담에는 무성하게 자란 담쟁이덩굴이 늘어졌다. 이끼 낀 낡은 보도블록 위에는 버려진 빈 화분이 놓여 있고, 담에는 빨간 자전거가 기대져 있다.

골목 저편에서 탁탁탁, 달리는 소리가 들린다. 짧은 커트 머리를 한 소녀가 골목을 빠져나가 확 트인 공터로 들어선다. 햇살이 쏟아지는 공터 한가운데에 커다란 나무가 홀로 서 있다.

후두둑, 후두둑. 갑자기 내린 비가 연두색 이파리를 두드린다. 아니, 자세히 보니 빗방울은 하늘을 거슬러 오르고 있다. 이건 거꾸로 솟구치는 비가 나뭇잎을 때리는 소리다.

비에 젖은 옷이 소녀의 몸에 들러붙자, 뱀처럼 등을 휘감은 흉터가 비친다. 손목에서는 붉은 피가 툭 떨어진다. 그 손으로 소녀가 머리를 쓸어 넘긴다. 물기 가득한 얼굴에 피가 번진다. 소녀가 고개를 돌려 나를 바라본다. 겁에 질린 그 얼굴은, 바로 나다.

"허억!"

나는 거친 숨을 토해 내며 잠에서 깼다. 또 그 꿈이다. 쇼핑몰에서 내가 죽었다던 금발 머리 여자애를 만난 날부터 일주일째 같은 꿈을 꾸고 있다. 거슬러 오르는 비도 이상하고, 무엇보다 내 얼굴을 한 여자애가 피를 흘리는 모습이 너무 섬뜩했다.

한기가 느껴져 이불을 끌어당기다 왼쪽 손목의 희미한 상처를 가만히 내려다보았다. 처음 꿈을 꾼 날, 유심히 손목을 보다가 발견한 상처였다.

아빠에게 이 상처는 어떻게 생긴 거냐고 물어보았더니 아빠는 당황하며 몹시 허둥거렸다. 하지만 곧 미소를 되찾고는 내가 아주 어릴 때 긁힌 자국이라며 흉터 치료를 다시 해야겠네, 했다. 왜 그러냐기에 이상한 꿈을 꾸었다고 말했다. 꿈 내용을 들은 아빠는 "개꿈이야"라며 피식 웃었다.

처음에는 나도 그렇게 생각했다. 딥페이크 영상을 보고 웃어넘기긴 했지만 나름 충격을 받은 모양이라고 여겼다. 그런데 일주일째 같은 꿈을 꾼다는 건 아무래도 심상치 않다. 문득 무서워진 나는 이불을 머리끝까지 덮었다.

다시 잠 속으로 까무룩 빠져들려다가 두런두런 들리는 말소리에 눈을 떴다. 가만히 귀를 기울여 보니 소리는 문 밖에서 나고 있었다. 시간을 확인해 보니 새벽 세 시였다.

'아빠인가? 이 시간에 누구랑 통화하는 거지? 혹시 엄마?'

꿈 때문에 불안해서인지 불현듯 엄마 목소리가 너무 듣고 싶었다. 방을 나오니 예상대로 아빠의 서재에서 불빛이 흘러나오고 있었다. 들뜬 마음으로 서재 문을 밀려던 나는 그대로 멈춰 서고 말았다. 아빠가 누군가에게 화를 내고 있었다.

"기억을 못 하게 한다더니 뭐야? 그렇게 약값을 비싸게 받았으면 제대로 된 걸 줘야지! 뭐? 일시적일 거라고? 아니면 어쩔 거야? 꿈에서 그 골목길을 봤대. 상처에 대해서 물었다고. 기억이 되살아나는 거면 어떡해?"

내가 지금 무슨 소리를 들은 거지? 뜻밖의 말에 머릿속이 새하애졌다. 뭔가를 생각하려 했지만 머리가 너무 아팠다. 신음을 삼키며 간신히 방으로 돌아왔다. 무의식적으로 약통을 꺼내다 방금 들은 얘기가 떠올라 침대 위에 던져 버렸다.

'머리가 아플 때 먹으라던 저 약이 기억을 억제하는 약이었어? 아빠는 내가 기억을 찾는 걸 원하지 않는다고? 도대체 왜?'

아무리 생각해도 이유를 알 수 없었다.

결국 뜬눈으로 아침을 맞았다. 모래가 낀 것처럼 눈이 온통 따갑고 뻑뻑했다.

띠리링!

"오늘 예약한 스케줄이 있습니다."

스케줄? 멍하게 누워 있다가 갑자기 울린 알람 소리에 정신이 들었다. 시린 눈을 깜빡이며 책상 위에 올려 둔 스마트 밴드에게 메시지를 읽으라고 명령했다.

"10월 21일 오전 열 시. 오란로 1042번지 왕벚꽃나무 앞. 오빠의 장난이 뭔지 확인하기."

2주 전, 오빠가 뇌파 큐브 안에 남겨 놓은 황당한 메시지가 떠올랐다. 하지만 지금은 오빠의 장난에 맞장구를 쳐 줄 기분이 아니었다. 안 가겠다고 말하려고 오빠 방으로 가 보니 이미 비어 있었다.

"시후는 연구소 인턴 아르바이트 갔는데. 무슨 일 있어?"

아빠가 서재에서 나오며 물었다. 새벽에 엿들은 말이 떠올라 소름이 돋았다.

"아, 별건 아니고 모르는 문제가 있어서 물어보려고 했는데, 오빠가 연구소 가는 날인 걸 깜빡했네요. 저녁 때 물어보지, 뭐."

황급히 돌아서려는 나를 아빠가 다시 불러 세웠다.

"시은아, 요즘도 이상한 꿈 꿔? 병원에 다시 가 볼까?"

흠칫 놀랐지만 애써 웃으며 대답했다.

"아니, 괜찮아요. 그때 한 번뿐이었어요. 어제도 너무 잘 잤는걸요. 걱정 안 해도 돼요."

"그래? 그러면 다행이고. 조금이라도 아프다 싶으면 바로 약 먹어야 해. 알았지?"

"……네."

서둘러 방으로 돌아와 문을 닫았다. 심장이 튀어나올 것처럼 거세게 뛰었다. 이대로는 아무 일 없다는 듯이 아빠 얼굴을 볼 자신이 없다. 아무래도 어떤 약인지 알아봐야겠다고 생각하며 약통을 주머니에 넣었다.

옷을 갈아입고 나가려던 그때, 오빠에게서 메시지가 왔다.

[오늘 약속 안 잊었지? 꼭 와야 해. 그리고 아빠한테는 절대 비밀!]

오빠는 대학 입시에 가산점을 준다며 주말마다 무슨 연구소에서 인턴으로 일하고 있다. 그런데 약속 장소에서 보자는 걸 보니 아르바이트를 안 간 것 같았다. 모범생인 오빠가 아빠를 속이면서까지 왜 날 부른 건지 궁금해졌다. 게다가 이과 천재인 오빠라면 약에 대해서 나보다 더 잘 알아봐 줄 수 있을 것 같았다.

오늘도 프로젝트 준비를 한다고 아빠에게 대충 둘러대고는 집을 나왔다. 자율 주행 택시에 타자마자 주소를 불렀다.

"오란로 1042번지로 가 줘."

잠시 뒤, 인공 지능 음성이 흘러나왔다.

"죄송합니다. 없는 주소입니다. 올바른 주소를 말씀해 주세요."

음성 인식이 잘못됐나 싶어 주소를 한 자씩 또박또박 발음했다. 하지만 인공 지능은 없는 주소라는 말만 되풀이했다. 어리둥절해져 지도에 검색해 보니 정말 오란로는 1041번지까지밖에 없었다. 오빠가 1을 2로 잘못 썼나? 아니면 홀로그램 메시지가 십 초 만에 사라지는 바람에 내가 잘못 기억하고 있는 걸까?

"그럼 일단 오란로 1041번지로 가 줘."

커다란 왕벚꽃나무가 있다고 했으니 직접 가 보면 알겠지 싶었다. 택시가 출발하자 나는 좌석에 깊게 몸을 묻었다. 도심을 빠져나간 택시는 한적한 외곽 도로로 들어섰다. 그러고도 좁고 외진 길을 한참 더 달렸다.

그렇게 사십 분을 주행한 택시가 드디어 목적지에 도착했다. 서둘러 내린 나는 주변을 둘러보았다. 눈앞에 펼쳐진 건 버려진 지 오래된 것 같은 폐공장 지대였다. 제대로 된 간판도 없는 우중충한 회색 건물에 여기저기 깨진 유리창, 아무렇게나 뒹구는 쓰레기와 잡초 들, 정체를 알 수 없는 매캐한 화학 약품 냄새까지. 도심에서 꽤나 떨어져 있다고는 해도 이런 곳이 아직도 방치된 채 남아 있다는 것이 놀라웠다.

휑한 곳이라 사람은 물론 지나가는 차도 보이지 않았다. 괜히 바람도 을씨년스럽게 느껴져 코트 단추를 끝까지 채웠다.

스마트 밴드를 보니 열 시까지는 아직 십여 분이 남아 있었다. 황급히 약속 장소인 왕벚꽃나무를 찾아보았다. 하지만 늦가을의 나무들은 이미 가지가 앙상했다. 가지만 보고 벚꽃나무를 알아볼 만큼의 지식이 내게는 없었다.

난감해진 나는 어쩔 수 없이 오빠에게 전화를 했다. 신호는 가는데 받질 않았다.

"오빠도 참, 왜 이런 곳으로 오라고 한 거야? 전화도 안 받으면 어쩌자는 거냐고!"

역시 혼자 힘으로 찾는 수밖에 없으려나. 나는 홀로그램 지도를 띄워 현재 위치를 확대했다. 한참을 살펴본 끝에 공장 건물을 끼고 오른쪽으로 돌면 이어지는 좁은 골목을 발견할 수 있었다. 그 너머에 공터가 있는지, 지도에는 표시되지 않는 넓은 회색 지대가 펼쳐져 있었다. 어쩌면 저곳이 1042번지인지도 모른다.

공터로 이어지는 골목길을 걸어가는 내내 인적이 없었다. 그 흔한 새소리도, 바람 소리도 없이 적막하기만 했다. 골목 양옆으로 빛바랜 갈색 벽돌 담장이 길게 이어졌다. 높은 담장에는 말라버린 덩굴이 늘어져 있었다. 간혹 버려진 화분이나 잡동사니가 보이기도 했다. 분명 처음 오는 곳인데, 묘하게 풍경이 눈에 익었다. 그러다 담장에 기대어진 빛바랜 빨간 자전거를 발견했을 때는 심장이 철렁 내려앉았다.

"여긴…… 꿈에서 본 곳이잖아!"

바로 그때, 열 시를 알리는 알람이 울렸다. 별안간 발밑이 살짝 흔들리면서 어지러워졌다. 눈앞의 세상이 살짝 일그러진 것처럼 보였다. 금방 평소대로 돌아왔지만, 뭔가가 어긋난 것 같은 이상한 위화감이 들었다.

불현듯 어디선가 따뜻한 바람이 불어왔다. 산들바람에 담긴 달콤한 향기가 코끝을 간질인다 싶더니, 하얀 눈송이가 날렸다. 아니, 눈송이가 아니라 꽃잎이었다. 연한 분홍색을 살짝 머금은 하얀 벚꽃잎 몇 개가 바람에 실려 날아왔다.

"벚꽃이라니, 이 가을에?"

무언가에 홀린 것 같았다. 이게 진짜 벚꽃인지 확인해야 한다. 나는 꽃잎이 날아오는 방향으로 미친 듯이 뛰었다. 골목 깊숙이 들어가자 갑자기 지도에서 경고음이 흘러나왔다.

"없는 지형입니다. 되돌아가세요. 없는 지형입니다. 되돌아가세요."

홀로그램 지도는 고장 난 장난감처럼 같은 말만 반복했다. 그래도 내가 멈추지 않자 오류를 일으키며 꺼졌다. 여기서 멈출 수는 없었다. 골목 끝을 향해 달리던 내 눈앞에 어느새 환한 공터와 오래된 나무가 나타났다.

태초부터 그 자리에 서 있었을 것 같은 커다란 나무가 하늘을 향해 가지를 뻗치고 있었다. 표면에 새겨진 굵고 깊은 골은 나무가 지금까지 살아 낸 시간을 고스란히 드러낸 것 같았다.

무대 위 주인공에게 스포트라이트를 비추는 것처럼 햇빛이 온통 오래된 나무에게 쏟아졌다. 주변 풍경은 흐릿한데 나무만 환하게 빛났다. 희고 몽글몽글한 꽃 구름이 걸린 왕벚꽃나무였다.

"와……!"

저절로 감탄이 터져 나왔다. 가지마다 매달린 꽃들은 봄바람에 바르르 떨다가 나비처럼 허공으로 나부꼈다. 작은 꽃잎들이 팔랑팔랑 날아와 발밑에 떨어졌다. 벚꽃 비가 휘날렸다. 눈부시게 하얀 벚꽃잎들이 춤을 추며 내 눈 쪽으로, 뺨 위로, 어깨 위로, 손바닥으로 떨어지고 있었다. 꿈이라도 꾸는 것 같았다.

"정말 눈 같다. 눈꽃 같아."

어깨에 붙은 작은 꽃잎을 살짝 집어 들었다. 손가락 끝으로 문지르자 짙은 꽃향기와 함께 연분홍색 꽃물이 배어났다. 살아 있는 진짜 꽃잎이었다. 순간, 두 팔에 소름이 돋았다.

"뭐지? 왜 여기만 봄이야?"

이곳만 세계를 흐르는 시간대에서 비껴 난 것 같았다. 그걸 깨닫자마자 귀를 찢는 경고음과 함께 끔찍한 두통이 몰려왔다. 나는 어금니를 꽉 깨물며 주머니를 뒤졌다. 간신히 약통을 쥐었지만, 아빠의 말이 생각나 저 멀리 던져 버렸다. 온몸에 식은땀이 흐르면서 눈앞이 흐려졌다. 나는 더 서 있지 못하고 바닥으로 허물어졌다.

"시은아! 시은아!"

내 이름을 부르는 목소리가 아득하게 들려왔다. 힘겹게 눈을 뜨자 시후 오빠가 달려오는 게 보였다. 허둥거리는 오빠의 등 뒤로 여전히 하얀 벚꽃 비가 휘날리고 있었다.

"오빠, 나 머리가 너무 아파……."

힘없이 중얼거리던 나는 결국 캄캄한 어둠 속으로 가라앉고 말았다.

검은 하늘에 창백한 반달이 걸렸다. 달을 바라보고 있는 여자아이의 뒷모습이 보인다. 짧은 커트 머리와 가늘고 흰 목. 솟구치는 비를 맞던 그 앤가? 꿈에서도 나는 그런 생각을 한다.

뚜벅뚜벅. 발소리가 들린다. 겁에 질린 아이의 등이 확 움츠러든다. 아이는 무릎을 끌어안고 몸을 동그랗게 만든다. 벌컥 열린 문으로 시커먼 그림자가 들어선다. 눈물범벅이 된 아이가 벌벌 떨며 고개를 든다. 그림자가 대뜸 손을 치켜든다. 아이는 반사적으로 어깨를 움츠리며 두 손으로 머리를 감싼다.

바로 그때, 창 가득 쏟아진 달빛에 두 사람의 얼굴이 드러난다. 겁에 질린 아이는 나, 그리고 그림자는 서늘한 표정을 한 아빠다. 올백으로 넘긴 머리와 차가운 금테 안경이 낯설다. 아빠의 손에는 길고 두툼한 가죽 허리띠가 들려 있다. 아이는, 아니, 나는 고개를 돌린다. 창밖으로 흰 반달이 보인다.

'왜 달이…… 하나뿐이지?'

이상하다고 느낀 순간, 등이 불에 덴 듯 화끈거린다. 전신 거울에 등을 비춰 본다. 하얀 내 등에는 어린아이가 마구 낙서를 한 것처럼 수십 개의 흉터가 이리저리 얽혀 있다. 일부러 보이지 않는 곳에 낸 상처는 오래전 것인 듯 희미하다.

그리고, 다시 치켜든 커다란 손이 다가온다.

"제가 잘못했어요. 용서해 주세요, 제발!"

나는 울음을 터트린다.

길을 잃은 아이,

기억을 잃은 나

눈을 번쩍 떴다. 익숙한 아이보리색 천장과 하늘거리는 연핑크색 커튼이 눈에 들어왔다. 내 방이었다.

"시은아, 괜찮아? 정신이 좀 들어?"

아빠가 걱정스러운 눈빛으로 나를 내려다보고 있었다. 고개를 두리번거렸지만 오빠는 보이지 않았다.

"오빠는요?"

바짝 마른 내 입술에서 갈라진 목소리가 흘러나왔다.

"오빠는 우주 체험 캠프 갔지. 너 걱정하느라 안 간다는 걸 겨우 등 떠밀어 보냈어. 오빠가 지금 얼마나 중요한 시기인지 알지? 2박 3일 일정이니까 화요일은 돼야 올 거야. 그동안은 통화도 안 될 테고."

물어보고 싶은 게 너무 많은데 오빠가 없다니 맥이 빠졌다. 그나마 다행인 건 도서관에 갔다가 두통으로 쓰러진 나를 발견했다고 아빠에게 거짓말을 해 줬다는 거였다.

아빠가 의아하다는 듯 약이 가득 든 약통을 흔들며 물었다.

"그런데 왜 약은 안 먹었어?"

"그, 그게, 너무 오랜만에 머리가 아파서요. 당황해서 약 꺼내다 떨어뜨렸나 봐요……."

나도 모르게 목소리가 떨렸다. 아빠는 내 말을 믿는 건지 아닌 건지 아무런 말이 없었다. 꿈속에서 본 낯선 아빠의 모습이 자꾸 떠올라 무서웠다. 아빠 눈을 똑바로 보기 힘들어서 창가로 고개를 돌렸다. 캄캄한 하늘에는 아무 일 없다는 듯 밝게 빛나는 두 개의 달이 떠 있었다.

"아빠, 나 피곤해서 더 자고 싶어요."

아빠는 이불을 끌어당겨 어깨를 덮어 주었다.

"그래, 푹 쉬어. SBM 테스트도 얼마 안 남았는데 얼른 원래 컨디션 찾아야지."

아빠가 나가려다 말고 책상을 가리키며 물었다.

"그런데 뇌파 큐브 안에 있던 선물은 왜 아직 안 썼어? 마음에 안 들어?"

책상 위에는 미술 도구 상품권이 올려져 있었다. 오빠가 올려

두고 간 모양이었다. 선물이 뭐였는지 더는 중요하지 않았지만, 아빠의 기분을 상하게 하고 싶지 않았다.

"사고 싶은 게 너무 많아서 고민하고 있었어요. 완전 고마워요, 아빠."

내 말에 아빠는 웃음을 머금더니 천천히 생각하라며 문을 닫고 나갔다. 겨우 혼자가 된 나는 긴장하느라 참았던 숨을 토해 냈다.

내게 무슨 일이 벌어지고 있는지 하나도 이해할 수 없었다. 거꾸로 흐르는 비를 맞던 짧은 머리 소녀, 늦가을의 벚꽃 비 그리고 하나의 달이 떠 있는 세계. 물리 법칙을 깨는 이상한 장면들이 머릿속을 온통 휘저어 놓았다.

하지만 나를 가장 괴롭힌 건 꿈속에서 폭력을 휘두르던 아빠의 모습이었다. 꿈이라는 걸 알면서도 등이 자꾸 화끈거렸다. 그 감각이 너무 생생해서 어떤 의심이 고개를 쳐들었다.

'아빠가 내게 기억을 억제하는 약을 준 이유가 이것 때문일까? 자신이 저지른 과거의 끔찍한 잘못을 감추려고? 아니야, 말도 안 돼. 아빠가 얼마나 다정한 사람인데.'

머리를 세차게 저으며 의심을 털어 내려 했지만, 꿈속 장면만 더 또렷해질 뿐이었다. 숨이 잘 쉬어지지 않아 침대에서 벌떡 일어났다. 아무리 가슴을 쓸어내려도 체한 듯 답답하기만 했다.

그때 스마트 밴드가 울렸다. 오빠였다.

"여보세요, 오빠? 대체 어떻게……."

오빠가 내 말을 끊고는 급하게 말했다.

"시은아, 나 몰래 전화하는 거라 금방 끊어야 해. 너 지금 무척 혼란스러우리라는 거 알아. 말로 하면 믿지 않을까 봐 직접 보여 주고 싶었어. 벚꽃 비를 보면 기억이 날 것 같아서."

"내가 뭘 기억해야 하는데?"

"뭐든. 뭐든 좋으니까 계속 생각해. 오빠가 돌아가면 다 설명해 줄게. 그리고 거기 꼭 가 봐. 남영…… 앗! 죄송합니다. 끊겠……."

누구한테 들켰는지 전화가 일방적으로 끊어지고 말았다.

오빠가 알려 주고 싶다는 게 뭐지? 벚꽃 비가 환상이 아닌 것처럼, 날 때리던 아빠의 모습이 꿈이 아니라는 걸까? 내 황당한 의심이 진짜일 수도 있다고?

너무 혼란스러웠다. 이 혼란을 끝낼 수 있는 방법은 하나뿐이다. 다시 가 보는 거다. 벚꽃 비가 휘날리던 공터에.

수업이 끝나자마자 나는 오란로 1041번지로 향했다. 자율 주행 택시 안에서 황 감독님한테 급히 메시지를 보냈다.

[감독님, 죄송해요. 오늘 급한 일이 있어서 센터에 못 갈 것 같아요.]

[너네 학교에 무슨 일 있어? 해준이도 오늘 급한 일이 있어서 못 온다던데. 아무튼 내일부턴 빠지지 마라.]

[네, 내일부터는 열심히 할게요!]

천하의 연습 벌레 해준이 웬일인가 궁금했지만, 지금은 내 문제만으로도 머리가 복잡했다.

서두른다고 서둘렀는데 먹구름이 잔뜩 낀 흐린 날씨 탓인지 차창 밖이 금세 어두워졌다. 건물 불빛도, 달빛도 없으니 왠지 으스스한 기분이 들었다.

문득 어둠 속에서 환한 홀로그램 간판이 나타났다. 빨리 지나치는 바람에 '새오름 재'까지밖에 못 읽었다. 어제는 보지 못한 간판이었다. 저렇게 외딴곳에 있는 간판을 누가 본다고 불을 밝혀 놓은 걸까? 그런 생각을 하는 동안 택시가 멈췄다.

차에서 내리자마자 후회했다. 어둠이 깔린 폐공장 지대는 어제보다 훨씬 더 무섭고 위험해 보였다. 돌아갈까 망설였지만, 여기까지 온 이상 그냥 갈 수는 없었다.

꼬불꼬불한 골목을 걷는 동안 쿵쿵대는 심장과 내 발소리만 들렸다. 먹구름이 달을 가린 밤은 캄캄했고, 시커먼 골목에선 뭐가 튀어나올지 알 수 없었다.

'그래도 거의 다 왔어. 저쯤에 공터가 있었는데.'

눈에 익은 담벼락을 돌자 드디어 탁 트인 공터가 나타났다. 하지만 어제 흐드러지게 피었던 벚꽃은 흔적도 없었다. 볼품없이 비쩍 마른 나무가 앙상한 가지를 늘어뜨리고 있을 뿐이었다. 아무리 주변을 둘러봐도 더 떠오르는 기억은 없었다. 여기까지 왔는데 얻은 게 없다니. 기운이 쭉 빠졌다.

"오빠, 어쩌지? 나 아무 기억도 안 나는데."

중얼거리던 나는 뭔가 중요한 것을 놓치고 있다는 기분이 들었다. 오빠가 전화로 했던 말을 찬찬히 다시 되새겨 보았다. 분명 어디를 가 보라고 했었다.

"맞다, 남영! 남영시에 가 보라고 했어. 그런데 거기 뭐가 있지? 남영 어디를 가라는 거야?"

가 본 적 없는 도시였고, 아는 곳도 전혀 없었다. 도통 감을 잡을 수가 없어 답답해하던 그때, 어디선가 아앙, 아앙 하는 소리가 희미하게 들려왔다. 꼭 어린애가 우는 소리 같았다.

놀란 나는 소리가 나는 곳으로 조심스럽게 다가갔다. 스마트밴드에 내장된 플래시로 여기 저기 비춰 봤지만 아이는 보이지 않았다. 빛이 멀리까지 뻗어나가지 않는 탓에 그저 어두운 숲 윤곽만 보일 뿐이었다. 그제야 소름이 돋았다.

"바보같이. 이런 곳에 아이가 있을 리가 없잖아. 길고양이인가? 그, 그래, 고양이 울음소리가 꼭 아이 우는 소리처럼 들린다잖아."

괜히 크게 혼잣말을 하며 몸을 돌렸다. 몇 발짝 걸었을까. 무슨 일인지 주변의 나무와 풀이 또렷해졌다. 내 그림자까지도 선명하게 보였다. 먹구름이 걷히고 달이 드러난 것이다. 보름달 데이 때 겹쳐졌던 두 달이 서로 멀어지고 있었다. 조금씩 이지러지기 시작한 달들이 내뿜는 빛은 꽤 밝았다.

"두 개의 달……?"

여태 당연하게 봐 왔던 모습인데, 이상하게 낯설었다. 꿈속에서 봤던, 달이 하나만 떠 있는 풍경이 떠올랐기 때문일까. 갑자기 온몸이 떨리기 시작했다. 하나뿐인 달, 아빠의 커다란 손, 등을 휘감은 흉터들 그리고 여자아이의 울음소리가 뒤섞여 머리가 어지러웠다. 등이 불에 덴 듯 뜨거워지면서 숨이 가빠졌다. 나는 어느새 짧은 머리의 소녀가 된 듯 공포에 사로잡혔다.

"잘못했어요. 용서해 주세요, 제발!"

나는 눈물범벅이 된 채 정신없이 중얼거렸다. 하지만 아이의 울음소리는 점점 커질 뿐이었다. 견딜 수 없어져 두 손으로 귀를 틀어막았다.

그때였다.

툭툭, 누가 내 어깨를 두드렸다. 나는 소스라치게 놀라 뒤를 돌아보았다. 달빛 아래 말갛게 생긴 남자아이가 서 있었다. 아이는 눈물이 그렁그렁한 큰 눈으로 날 내려다보았다.

"누나는 왜 울고 있어? 누나도 길을 잃었어?"

열 살쯤 됐으려나. 투명한 갈색 눈과 뽀얀 피부, 아이답지 않은 또렷한 콧날과 턱선. 어디서 본 듯한 얼굴이었다. 기억을 떠올리기도 전에 그 애가 입고 있는 베이지색 옷이 눈에 들어왔다. 지난주에 학교에서 봤던 스트거만 증후군 여자애의 모습이 머리에 스쳤다.

"애, 너 혹시 재활소에서 사니?"

아이는 훌쩍이며 고개를 끄덕였다. 그러고는 손을 들어 어둠 속 어딘가를 가리켰다.

"저기, 새오름 재활소가 집이야. 오늘 엄마랑 형이 오는 날인데 너무 안 와서 찾으러 나왔다가……."

가족을 빨리 보고 싶은 마음에 재활소를 나왔다가 길을 잃은 모양이었다. 저 조그만 발로 거친 숲속을 헤맸을 아이가 안타까웠다. 지금쯤 가족들은 얼마나 애타게 찾고 있을까?

나는 스마트 밴드로 주변 지도를 살펴보았다. 여기서 멀지 않은 곳에 아이가 말한 새오름 재활소가 있었다. 아까 택시를 타고 오다가 본 건물인 듯했다. 재활소까지 갈 수 있는, 숲을 가로지르는 작은 오솔길이 있었다.

"누나가 데려다 줄게."

"어? 누나도 길 잃은 거 아니었어?"

"누나는 길이 아니라 기억을 잃었어."

"기억?"

아이는 잘 이해가 되지 않는지 고개를 갸웃거렸다.

"내 말은, 길은 잘 찾을 수 있다는 뜻이야."

내가 웃으며 말하자 아이는 안심이 된 듯 내 손을 꼭 쥐었다. 따스한 온기에 조금 전 나를 사로잡았던 두려움이 점차 옅어졌다. 나는 아이의 손을 단단히 잡고는 재활소를 향해 걸었다.

아이는 자주 산책 나오는 길인지 자기가 좋아하는 나무며 야생

화, 다람쥐 얘기를 종알종알 늘어놓았다. 사용하는 단어나 감정 표현이 전혀 재활소에 있는 아이 같지 않았다.

하긴, 스트거만 증후군은 두정엽에 장애가 있는 것뿐이라 빨리 발견해서 어릴 때부터 재활 교육을 하면 일상생활을 하는 데 무리가 없다. 그래서 국가에서 정책적으로 만든 것이 재활소다.

국가가 이렇게까지 적극적으로 나선 이유는 공간 지각 능력이 중요해졌기 때문이다. 약 오십여 년 전, 인류는 화성과 목성 사이에 있는 소행성대에서 값비싼 니켈과 백금 채굴에 성공했다. 그 이후 수많은 국가가 우주 개발 사업에 앞다퉈 뛰어들었다.

그중에서도 후발 주자인 우리나라는 수학과 공간 지각 능력이 뛰어난 인재를 전략적으로 키우기로 했다. 적합한 아이들을 빨리 발굴하고, 부족한 아이들은 재활을 통해 교정한다는 목적을 가지고 탄생한 것이 바로 1차 뇌 측정 검사다. 이제 모든 아이는 출생과 동시에 검사를 받고, 두정엽의 발전 가능성을 기준으로 구별지어진다.

이처럼 뇌 측정 검사는 두정엽 기능 최상위 10퍼센트를 육성하기 위해 시작됐지만, 역설적으로 선천적 장애가 있는 아이들도 철저하게 가려졌다. 문제는 장애와 '정상'의 경계에 있는 아이들까지 재활소에 보내졌다는 것이다. 그리고 어느 순간부터 재활소 아이들에게는 '낙오자'라는 딱지가 붙었다. 다른 가능성은 펼쳐보지도 못하고 차별과 혐오의 대상이 된 거다. 내 손을 꽉 잡고 있는 이 아이 역시 시인도, 농부도 충분히 될 수 있는데 말이다.

나는 걸음을 멈추고 아이에게 이름을 물었다. 이 예쁜 아이의 이름을 기억하고 싶었다.

"내 이름은 이준이야. 서이준. 누나는?"

"난 시은이. 최시은."

그때였다. 어둠 속에서 환한 빛이 어지러이 다가왔다.

"거기 이준이니? 이준아!"

누군가의 애타는 외침이 들려왔다.

"와! 형이다! 여기야, 여기!"

이준이 손을 반갑게 흔들며 앞으로 달려갔다. 이준을 번쩍 들어 끌어안은 남자가 내 쪽으로 고개를 돌렸다. 인사를 하려던 순간, 나는 굳어 버리고 말았다. 눈앞에 해준이 서 있었다.

바다가
내려다보이는 언덕

"어떻게 네가…… 왜 여기에?"

많이 놀랐는지 해준이 허둥거렸다. 나 역시 전혀 생각지 못한 만남이라 당혹스러웠다. 이준이 우물쭈물하는 내 손을 잡으며 말했다.

"시은이 누나가 여기까지 데려다줬어. 누나는 기억을 잃어버렸대."

해준이 의아하다는 듯 "기억을?" 하고 중얼거리더니 날 빤히 바라봤다.

"아무튼 우리 이준이 찾아 줘서 고마워."

"아, 당연한걸, 뭐. 나도 이준이 덕분에 무섭지 않았어."

내가 멋쩍게 대답하는 동안 이준은 뭔가를 찾는 듯 주변을 두리번거렸다.

"엄마는?"

"엄마는 오늘 일이 있어서 못 오셨어. 그래서 형이 서두른다고 서둘렀는데 늦었네. 미안!"

해준은 나이 차가 많이 나는 동생을 다시 한번 끌어안으며 다정하게 말했다. 그러고는 몸을 돌려 내게 물었다.

"그런데 너 혼자 집에 갈 수 있겠어? 넌 바이크 안 타잖아. 시간이 늦어서 자율 주행 택시 못 탈 텐데."

"집에? 지, 지금 몇 시지?"

시간을 확인하니 벌써 아홉 시 십 분이었다. 아홉 시가 지나면 청소년은 혼자 자율 주행 택시를 이용할 수 없다. 부모님이 승인해 주면 탈 수 있지만, 아빠에게 알리고 싶지 않았다. 대답을 못 하는 나를 보며 해준이 가벼운 한숨을 내쉬었다.

"무슨 사정인지는 모르겠지만, 일단 같이 가자. 이준이 재활소에 데려다주고 나서 집까지 태워 줄게."

사양할 상황은 아니었기에 얼른 고개를 끄덕였다. 이준은 자기 형과 내 손을 한쪽씩 잡고는 기쁜 듯 폴짝폴짝 뛰었다. 그런 동생을 바라보는 해준의 눈빛이 무척 따스했다.

십여 분 만에 재활소에 도착했다. 너무 금방 도착해 아쉬울 정도였다. 해준은 동생을 데리고 건물 안으로 들어갔고, 나는 입구

근처에 있는 대기실에 남았다.

조금 전에 봤던 해준의 눈빛이 자연스레 떠올랐다. 저렇게 따뜻하게 웃을 줄 아는 해준이 왜 항상 냉소적인 표정이었는지 조금은 알 것 같았다. 아마도 친구를 만들지 않기 위해서였을 것이다. 누군가와 가까워진다는 건 많은 것을 공유한다는 의미니까. 나의 취향과 생각, 동생의 장애 같은 내밀한 사정까지도.

스트거만 증후군은 유전병도 전염병도 아니다. 그런데도 사람들은 증후군을 가진 사람의 가족까지 싸잡아 비난한다. 영재 학교 학생이자 주니어 펀칭 챔피언으로 대중의 사랑을 받는 해준은 동생의 존재를 감출 수밖에 없었을 것이다. 학교에서 재활소 여자애 때문에 싸운 것도 비로소 이해가 됐다.

"서해준, 많이 외로웠겠다."

그렇게 내뱉고 나자 왠지 가슴이 먹먹해졌다.

다급한 발소리에 고개를 돌려보니 해준이 뛰어오고 있었다.

"최시은, 많이 기다렸어? 자, 이거."

해준이 내민 헬멧을 쓰고 바이크 뒷자리에 올라탔다. 바이크가 서서히 속도를 올리며 출발했다. 규정 속도인데도 온몸으로 느껴지는 바람 탓인지 무서웠다. 나도 모르게 앞에 앉아 있는 해준의 옷자락을 꽉 쥐자 해준이 등을 움찔했다. 무안해진 나는 손에 힘을 빼며 중얼거렸다.

"처음이니까 그렇지. 아빠가 이런 거 못 타게 하니까."

"네가 기억을 잃었다는 게 일 년 전 사고 때문이야? 혹시 차 사고였어? 그래서 아빠가 자율 주행 차를 못 타게 하는 거고?"

갑자기 해준의 목소리가 또렷하게 들려 놀랐다. 헬멧에 통신 기능이 내장돼 있는 모양이었다.

"아! 미안. 내가 너무 개인적인 걸 물었지?"

내가 뭐라고 대답을 하기도 전에 해준이 사과했다. 너무 개인적인 걸 물었다는 말이 마음에 덜컥 걸렸다. 그 안에 숨겨진 뜻이 뭔지 알 것 같아서였다. 해준은 너무 개인적이라 숨기고 싶었던 동생 이준의 존재를 내게 들키고 말았다. 지금 내가 얼마나 껄끄러울까.

하지만 해준은 내내 덤덤했다. 어떤 변명도 하지 않았고, 비밀로 해 달라고 부탁하지도 않았다. 그게 나를 믿기 때문이라고 느껴지는 건 내 착각일까?

착각이라도 좋다. 해준처럼, 나도 누군가를 믿고 싶다. 그리고 왠지 해준에게는 나를 무겁게 짓누르고 있는 일들을 털어놓을 수 있을 것 같았다.

"괜찮아. 사실은 나도 어떤 사고였는지 잘 몰라. 아빠가 말해 주질 않거든. 어쨌든 그 사고 때문에 과거의 기억을 몽땅 잃어버린 건 맞아."

해준의 너른 등을 보며 조용히 말했다. 얼굴을 보지 않으니 훨씬 편했다. 내 얘기를 끊지 않으려고 고개만 끄덕이는 해준의 등을 향해 다시 입을 열었다.

"그런데 얼마 전부터 이상한 장면이 자꾸 보여. 꿈이나 환상이라고 하기엔 너무 생생해서 진짜 기억이 아닐까 싶을 정도라 혼란스럽더라고. 더 꺼림칙한 건, 너랑 쇼핑몰에 갔을 때 나보고 죽었다고 소리쳤던 여자애 있잖아. 그 애를 만난 날부터 시작된 일이라는 거야."

"그 딥페이크 영상 보여 준 금발 머리 말이야?"

"응, 여기도 확인할 게 있어서 와 본 거야. 그러다 숲에서 이준이를 만났고."

동생 이름에 해준의 등이 다시 움찔거렸다. 하지만 곧 여느 때와 같은 목소리가 들려왔다.

"그럼 거기를 가 봐야 되는 거 아니야? 바다가 보이던 추모 공원 말이야. 그 영상이 진짜인지 아닌지 확인해야지."

"그렇긴 하지만…… 거기가 어디인 줄 알고?"

내 물음에 해준은 바이크를 갓길에 세우라는 음성 명령을 내렸다. 바이크가 안전한 곳에 서자 해준이 헬멧을 벗으며 나를 돌아보았다. 그러고는 주머니에서 낯익은 롤러블 태블릿을 꺼내 내 앞에 들이밀었다.

"바다 근처에 있는 추모 공원을 찾아보면 되지. 그 영상 속 바다에 작은 섬들이 여러 개 떠 있었어. 아마 남해안 쪽인 것 같아."

운동선수는 동체 시력이 좋다더니, 짧은 순간에 그런 것까지 파악한 해준이 정말 대단했다. 우리는 태블릿으로 남쪽에 있는 추모 공원을 찾기 시작했다.

조작된 영상은 아니었는지, 얼마 지나지 않아 모든 조건에 딱 맞아떨어지는 추모 공원을 찾을 수 있었다. 남영시 낙원 추모 공원. 오빠가 가 보라고 했던 곳이 틀림없었다.

가을 바다는 깊고 푸르렀다. 해준과 나는 수업이 끝나자마자 특급 고속 열차를 타고 한 시간 만에 남영시에 도착했다. 작은 섬이 점점이 떠 있는 바다가 내려다보이는 언덕에 자리한 추모 공원은 고요했다.

혼자 가도 된다고 했지만, 해준은 굳이 따라왔다. 동생을 찾아 준 보답이라고 했다. 이틀 연속으로 센터를 빠졌으니 지금쯤 황 감독님이 얼마나 난리가 났을까. 바다를 보며 그런 생각을 했다.

"바람이 차다. 이제 들어갈까?"

해준이 여기까지 와놓고 망설이는 내게 말했다. 나는 가볍게 고개를 흔들었다.

"미안하지만 혼자 갈게."

의외였는지 해준의 눈이 커다래졌다. 미안했지만 어쩔 수 없었다. 해준에게 기억 상실은 밝혔지만 벚꽃 비와 꿈 이야기는 하지 못했다. 나조차도 믿을 수 없는 이야기를, 나의 기억과 어떤 관련이 있는지도 알 수 없는 이야기를 다 꺼내 놓을 순 없었다.

'저 안에 뭐가 있을지 모르는데, 해준이에게 맨얼굴을 들키고 싶지 않아.'

복잡한 표정을 짓는 나를 본 해준은 고개를 끄덕였다. 그러고는 먼저 등을 돌려 정원 벤치로 향했다.

깊은 숨을 몇 번이나 내쉬며 마음의 준비를 한 나는 마침내 납골당으로 들어갔다. 칸칸이 놓인 봉안함이 참 많았다. 그 앞으로 걸어가자 생체 신호를 감지한 봉안함 앞면 디스플레이가 봉안함 주인의 생전 모습을 담은 영상을 플레이했다. 디스플레이 앞에 놓인 작은 받침대에는 꽃이나 손 편지, 조그마한 선물 따위가 놓여 있었다. 사람들은 가닿을 리 없는 그리움을 여전히 전통적인 방식으로 표현하고 있다. 기억이 남아 있는 한, 그리움은 사라지지 않으니까.

"금발 머리 여자애가 보여 준 봉안함에도 편지랑 선물 같은 게 많이 보였는데……."

영상 속 봉안함을 찾기 위해 주변을 둘러보다 위치 검색대를 발견했다. 금발 머리는 내가 죽은 게 일 년 전이라고 했다. 검색대에서 일 년 전에 죽은 열여섯 살짜리 여자애를 찾아보았다. 그렇게 이른 죽음은 거의 없는지, 단 한 개의 검색 결과가 떴다. D4-라-2371.

낯선 기호와 번호로 된 위치 정보를 소리 내 읽어 보았다. 굳게 잠긴 금고의 비밀번호를 은밀하게 부여받은 것 같았다. 빨리 금고를 열어 보고 싶었으나 안에서 뭐가 튀어나올지 몰라 겁도 났다. 하지만 내게 무슨 일이 벌어지고 있는 건지, 이제는 그 진실을 확인해야 한다.

한참을 헤맨 끝에 마침내 D4-라-2371 봉안함 앞에 섰다. 떨리는 숨을 몇 번이나 삼키고서야 고개를 똑바로 들었다.

故 최시은(2010~2026)

정말 내 이름이었다. 봉안함 앞 디스플레이에서 내 얼굴과 똑같은 소녀가 환히 웃고 있는 영상이 흘러나왔다.

더 충격적인 것은 바로 옆 봉안함이었다.

故 최시후(2008~2026)

오빠였다. 우리 가족의 자랑이자 내가 제일 사랑하는 잔소리꾼, 시후 오빠의 이름을 여기서 발견하게 될 거라고는 상상도 하지 못했다.

'말도 안 돼! 오빠는 왜 저기에 있는 거야?'

비명을 내지르고 싶은 걸 간신히 참으며 피가 나도록 아랫입술을 깨물었다. 몸이 덜덜 떨렸지만, 지금은 정신을 차리고 생각을 해야 할 때다.

머리가 차갑게 식자 새로운 물음표 몇 개가 떠올랐다. 저 봉안함들의 주인은 나와 오빠가 아니다. 우리는 멀쩡하게 살아 있으니까. 그렇다면 그저 이름이 같고 우연히 얼굴이 닮은 아이들인 걸까?

그 증거를 찾기 위해 디스플레이에서 흘러나오는 영상을 자세하게 살폈다. 하지만 아무리 봐도 우리 가족이 맞았다. 모두 지금보다 조금 더 젊거나 앳된 얼굴로 행복하게 웃고 있었다. 당연히 내 기억 속에는 없는 모습이었다.

디스플레이를 지나 받침대 위에 놓인 편지를 보던 나는 무릎이 휘청 꺾이고 말았다.

"어떻게 저게, 여기 있지?"

오른쪽 달 기지의 모습이 담긴 기념엽서였다. 거기에는 엄마가 직접 쓴 글이 남겨져 있었다.

너무나 보고 싶은 시은아! 달에 오면 네가 있는 하늘나라가 가까워질까 했는데, 여전히 넌 너무 먼 곳에 있구나. 엄마는 매일 별을 보며 네 생각을 한단다.

글을 쓴 날짜는 3개월 전. 혼수상태에서 깨어난 내가 한참 재활을 하고 있던 때였다.

너무 바빠서 집에도 못 온다던 엄마가 여기 왔었다는 걸까? 엄마는 왜 나를 두고 여기에다 딸이 보고 싶다는 글을 남긴 거지? 가루가 된 채 봉안함에 담긴 저 애가 엄마의 진짜 딸이라면, 그러면 나는 누구지? 나는 어디서 온 거지?

삐이이이—.

날카로운 이명이 울렸다. 묵직한 두통이 머리를 짓누르더니 눈앞이 흐려졌다. 땅속에서 누가 나를 끌어당기는 것처럼 몸이 무거웠다. 나는 바닥에 주저앉아 가쁜 숨을 몰아쉬었다.

'여기서 또 정신을 잃을 순 없어. 기억을 해 내. 나한테 무슨 일이 있었는지!'

어금니를 꽉 깨물며 머리를 세차게 흔들었다. 그러자 캄캄한 머릿속에서 희미한 빛을 내뿜는 상자 하나가 떠올랐다. 상자 쪽으로 손을 뻗자 어디선가 귀를 찢는 듯한 경고음이 들렸다. 그러나 나는 있는 힘껏 상자를 열어젖혔다.

밤하늘에 여윈 그믐달 하나가 외롭게 떠 있다.

꿈속에서 봤던 방, 그 한구석에 짧은 머리에 하얀 목덜미를 내놓은 여자애가 웅크리고 있다. 헐렁한 티셔츠 사이로 등에 난 흉터들이 보인다. 소름이 끼친다. 여자애가 고개를 들어 달을 바라본다. 그 얼굴이 나라는 걸 확인한 순간, 기억들이 훅 밀려든다.

뚜벅뚜벅. 내 방으로 다가오는 발소리가 천둥처럼 울렸다. 겁에 질린 나는 무릎을 끌어안으며 등을 새우처럼 구부렸다. 온몸이 떨렸다. 아빠가 내 방 문 앞에 서 있었다.

"최시은! 문 열어. 이 문 부수기 전에 당장 열란 말이야!"

문을 두들기는 소리가 점점 커졌고, 그 분노를 이기지 못한 나는 방문을 열었다. 괴물처럼 서 있는 아빠에게서 지독한 술 냄새가 끼쳤다. 엉망으로 취했는데도 올백으로 넘긴 머리는 흐트러지지 않았다.

차가운 금테 안경을 빛내며 아빠가 내게 다가왔다. 아무리 뒷걸음질해 봐도 벽에 가로막힐 뿐이었다. 아빠는 성적이 떨어진 내가 부끄럽다고 했다. 오빠 대신 내가 죽었어야 했다고도 했다. 그리고 아빠를 말리는 엄마를 때렸다.

엄마가 맞는 동안 나는 방을 뛰쳐나왔다. 기절했는지 곧 엄마의 비명마저 뚝 그치고 말았다. 날 찾는 아빠의 고함 소리가 가까워져서 순간적으로 식탁 위에 있던 과도를 집어 들었다.

가소롭다는 듯 날 쳐다보는 아빠의 눈빛, 경멸하는 저 눈빛. 더는 견딜 수 없었다. 차라리 죽고 싶었다. 날카로운 칼로 내 팔목을 그으려는 순간, 바깥에서 문 두드리는 소리가 들렸다. 환청인가? 희미하게 "어서 뛰어! 도망가!"라는 말소리도 들렸다. 누구 목소리지? 하지만 난 이미 뛸 기운도 의지도 없었다. 모든 것을 끝내고만 싶었다.

그때였다.

번쩍!

눈을 뜰 수도 없을 만큼 환한 빛이 쏟아졌다. 하얀 안개 장막에 갇힌 것처럼 사방이 빛이었다. 무슨 일인지 알아채기도 전에 갑자기 날 둘러싼 세계가 회전하기 시작했다. 어지러웠고, 구역질이 났다. 몸이 붕 뜨는 것을 느낀 직후, 나는 정신을 잃었다.

찰나 같기도 하고 영원 같기도 한 시간이 흘렀다. 눈을 떴다. 오래된 돌담을 따라 무성하게 자란 담쟁이덩굴, 빨간 자전거, 이끼 낀 보도블록이 깔린 골목길이 보였다. 나는 커다란 나무 아래 서 있었다. 후드득 소리를 내며 빗방울이 일제히 하늘을 향해 날아올랐다. 거꾸로 솟아오르는 빗속에서 누군가가 달려왔다.

"으흐흑, 시은아! 시은아!"

울먹이며 나를 와락 끌어안은 사람은 아빠였다. 부드러운 곱슬머리에 다소 마른 얼굴, 입가에 걸린 미소가 낯설었지만 분명 아빠였다.

"이제 다 괜찮아. 아빠가 널 지켜 줄 거야! 다시는 널 잃어버리지 않을 거야!"

아빠의 품에서 달콤한 쿠키 향이 났다.

또 다른
세계

뺨 위로 뜨거운 눈물이 흘러내렸다.

여전히 대부분의 기억은 희뿌연 안개 속에 있었지만, 한 가지 는 분명했다. 내가 아빠의 폭력에 고통받은 것도, 등에 있는 수많 은 흉터 자국도 전부 사실이다. 그리고 나는 알 수 없는 힘에 의해 얼굴은 같지만 모든 것이 다른 지금의 아빠에게 왔다.

그러니까, 아빠의 진짜 딸은 내가 아니다.

"……어떻게 그게 가능해?"

순간, 기억 속에서 본 달이 뇌리를 번쩍 스쳤다. 새까만 하늘에 걸려 있던 단 하나의 달. 그건 보름달 데이에 본, 하나로 겹쳐진 달이 아니었다. 보름달 데이엔 환한 보름달이 뜨지만, 기억 속의 달은 창백한 그믐달이었다.

그때, 어디선가 해준의 목소리가 들려왔다.

"시은아! 어디 있어?"

내가 너무 오래 걸려서 찾으러 온 듯했다. 정신이 번쩍 들면서 이 봉안함을 들켜서는 안 된다는 생각이 들었다. 진짜 시은은 죽었고, 나는 가짜라는 사실을 알리고 싶지 않았다.

서둘러 눈물을 닦아 내고 최시은의 봉안함에서 멀찍이 떨어졌다. 서두르던 중 발끝에 뭔가가 채이는 느낌이 들었다. 아래를 내려다보자 깨끗한 회색 대리석 바닥에 손바닥 반만 한 크기의 디지털 메모리 명함이 떨어져 있었다. 누군가가 흘리고 간 듯했다.

이상한 호기심에 이끌린 나는 검고 반짝이는 금속 소재의 고급스러운 명함을 주워들었다. 명함에 손이 닿자 허공에 홀로그램으로 된 글이 한 줄 떠올랐다.

"사랑하는 사람을 잃었나요? 다시 찾을 방법이 있습니다…….이게 대체 무슨 소리지?"

홀로그램 문구 밑에 막대형 코드가 있었다. 스마트 밴드로 스캔하면 내용을 읽을 수 있는 코드였다. 손목에 찬 밴드를 홀로그램 코드에 갖다 대려는데, 여기저기를 두리번거리며 해준이 나타났다. 나는 급히 디지털 메모리 명함을 주머니에 숨기고는 해준에게 다가갔다.

"금방 나가려고 했는데 뭘 여기까지 왔어?"

아무렇지 않은 척 굴고 싶었으나 의지와 달리 목소리가 떨렸다. 해준이 내 눈치를 살피며 조심스레 물었다.

"확인했어?"

"응, 정말 우연히도 이름도 얼굴도 비슷한 애가 있더라. 그런데 봉안함에 있던 가족사진을 보니까 완전 다른 사람들이던데? 걔가 잘못 본 게 확실해."

내가 웃으며 대답하자 해준이 눈에 띄게 안도하며 한숨을 내쉬었다. 그러더니 내 손을 꼭 잡았다.

"그럼 이제 돌아갈까?"

손에 느껴지는 해준의 온기에 심장이 쿵쿵 뛰었다. 좋아하는 마음이 나만의 것은 아니라는 생각에 얼굴까지 달아올랐다. 이 손을 놓지 않으려면 계속 거짓말을 하는 수밖에 없다는 생각을 하며 고개를 끄덕였다.

해준과 나란히 걸어 나가는데 어떤 아주머니가 헐레벌떡 뛰어 들어왔다. 그러고는 무언가를 찾는 듯 바닥을 두리번거렸다. 중요한 것을 잃어버렸는지 몹시 절박한 모습이었다. 아주머니는 막 나가려는 우리를 보더니 비틀거리며 다가왔다.

"미안합니다. 혹시 이만한 디지털 메모리 명함 보지 못했나요? 까만색에 반짝이는 금속 재질이에요."

아주머니가 손바닥을 들어 보이며 물었다. 허옇게 부르튼 입술이 바르르 떨리고 있었다. 방금 주운 명함일 거라는 생각이 들었지만, 나는 고개를 저었다.

"어떡하지? 은수를, 우리 딸을 다시 만날 수 있는 유일한 기회 인데. 어떻게 얻은 명함인데……."

값비싼 옷을 입은 아주머니는 넋이 나간 듯 바닥에 주저앉아 울먹거렸다. 그 모습이 안타까웠는지 해준이 좀처럼 자리를 뜨지 못해서, 얼른 해준의 팔을 잡아끌었다.

"그냥 가자. 우리가 뭘 도와줄 수 있겠어."

납골당을 나가는 우리 등 뒤로 아주머니의 흐느낌이 들려왔다. 나는 입술을 꽉 깨물며 모른 척했다. 그 명함에 달이 하나뿐인 세계에 대한 비밀이 담겨 있을지도 모르니까.

다시 서울로 향하는 열차에 올랐다. 해준이 집까지 데려다주겠다고 했지만, 그냥 역 앞에서 헤어졌다. 명함에 담긴 비밀을 한시라도 빨리 확인하고 싶어서였다.

자율 주행 택시에서 내려 집으로 가는 언덕길을 한달음에 뛰어 올랐다. 붉은 저녁놀을 배경으로 불 꺼진 이층집이 보였다. 당연하게 생각했던 우리 집이 진짜 '우리 집'이 아닐 수도 있다는 생각에 눈앞이 아득해졌다.

"정신 차리자. 진실을 알기 전에는 약해지면 안 돼!"

나는 주머니에 넣어 둔 명함을 꽉 쥐며 중얼거렸다. 다행히 집에는 아무도 없었다. 곧장 내 방으로 들어가 명함의 홀로그램 코드에 스마트 밴드를 갖다 댔다.

"사랑하는 사람을 잃었나요? 다시 찾을 방법이 있습니다"라는 한 줄짜리 문구는 곧 화려한 영상으로 바뀌었다. 가족이나 연인, 친구와 함께하는 행복한 일상의 모습이었다. 그 위에 "소중한 사람을 되찾을 수 있는 특별한 기회가 당신에게만 열립니다"라는 글이 떠올랐다. 그 아래에는 버튼이 있었다. 촌스러운 삼류 광고 같았지만, 나는 망설임 없이 버튼을 눌렀다.

그러자마자 화면 가득 이상한 풍경이 펼쳐졌다. 푸른 숲에 내리는 눈, 메마른 가지에서 갑자기 피어나는 벚꽃, 거꾸로 솟구치는 빗방울……. 시공간을 거스르는 풍경들 위로 "세상에 존재하지 않는 장소에 가면 소중한 사람을 다시 만날 수 있습니다"라는 글이 나타났다.

"저기는…… 오빠가 오라고 했던 그 공터잖아?"

너무 놀라 숨을 크게 들이켰다. 각각 다른 계절과 시간대였지만 공간은 똑같이 오란로 1042번지, 왕벚꽃나무가 있는 곳이었다. 저곳에 어떤 비밀이 있는 걸까?

의문을 풀기 위해 얼른 '다음' 버튼을 눌렀다. 하지만 "특별 코드를 입력하세요"라는 문구가 깜빡일 뿐이었다.

아무리 살펴봐도 특별 코드를 얻는 방법에 대한 안내는 없었다. 아무것도 입력되지 않자 홀로그램 영상은 곧 사라졌다.

"특별 코드를 입력하면 사랑하는 사람을 다시 찾아 주는 걸까? 그 아줌마가 딸을 만날 수 있는 유일한 기회라고 했는데, 그게 죽은 딸을 말하는 거였어? 아빠도 그 기회를 얻었던 거고?"

갑작스러운 깨달음에 충격을 받은 것도 잠시, 방문이 열리는 소리에 심장이 덜컥 내려앉았다.

"용케 거기까지 알아냈네."

언제 캠프에서 돌아왔는지 오빠가 문 앞에 서 있었다. 나는 너무 꽉 쥐어서 가장자리가 잔뜩 구겨진 디지털 메모리 명함을 들고 오빠에게 성큼성큼 다가갔다.

"오빠는 이게 뭔지 다 알고 있지?"

오빠는 살짝 미간을 찌푸렸을 뿐 긍정도 부정도 하지 않았다. 더는 참을 수 없었다. 나는 머릿속에 잔뜩 엉켜 있는 질문을 생각나는 대로 쏟아 냈다.

"진짜로 최시은과 최시후는 죽은 거야? 그러면 나랑 오빠는 뭐야? 우리는 어디서 왔는데? 왜 나한테 이런 일이 벌어진 거냐고!"

목소리는 갈수록 높아졌고, 꽉 쥔 주먹은 부들거렸다. 그런 나를 바라보는 오빠의 눈빛은 고요했다. 이런 날이 올 줄 알았다는, 아니, 오기를 기다린 사람 같았다. 오빠가 천천히 입을 열었다.

"우리는 다른 세계에서 왔어. 정확히 말하면, 평행 우주에서."

"평행 우주? 지금 장난해?"

어이가 없었다. 평행 우주는 이 세계와 비슷하지만 어딘가가 조금씩 다른 여러 우주를 통칭하는 말이다. 평행 우주에는 나와 같지만 다른 선택을 하며 삶을 살아가는 내가 수없이 많다. 직접 눈으로 확인할 수는 없으나, 평행 우주가 존재한다는 것은 과학적으로 밝혀진 지 오래다.

하지만 평행 우주 간 이동은 이론상으로만 존재한다. 우주를 건너는 일이 너무 위험할 뿐 아니라 이쪽 우주에 살던 나비가 옮겨 가 작게 날갯짓을 하는 것만으로도 다른 우주의 질서를 망가뜨릴 수 있기 때문이다. 연구는 윤리적인 이유로 중단됐고, 과학기술은 보다 현실적인 소행성 채굴에 집중됐다. 그러니 평행 우주 간 이동은 실현 불가능한 이야기다.

하지만 오빠는 전혀 장난하는 얼굴이 아니었다. 혼란스러워하는 나와 달리 얄미울 정도로 흔들림이 없었다.

"네가 믿든 아니든, 그게 사실이야. 알려지지 않았을 뿐 이미 삼년 전부터 평행 우주 점프는 가능해졌어. 떳떳하게 세상에 내놓을 수 없는 기술이 불법적으로 이용되는 거지. 영원히 잃어버린 이를 다른 세계에서 데려올 수 있다면, 수단과 방법을 가리지 않을 사람들이 있으니까."

그렇게 말한 오빠는 음성 명령으로 파일 하나를 불러왔다. 지방 소도시에서 한 남매가 최신형 자율 주행 바이크 사고로 사망했다는 내용의 일 년 전 뉴스였다. 모자이크를 했지만 두 아이의 얼굴을 알아볼 수 있었다. 그러니까, 진짜 최시은과 최시후는 저때 사망한 것이 맞았다.

"아빠는 오류를 일으켜 자식들을 죽게 한 자율 주행 바이크 회사를 상대로 소송을 하려고 했어. 그런데 그때, 기가 막힌 제안을 받은 거야."

"서, 설마?"

"그래, 시스템 오류가 아니라 아이들의 실수로 일어난 사고였다고 언론에 공표하는 대가로 평행 우주 점프를 이용할 수 있는 코드를 받게 됐지. 그걸 통해 너와 나는 여기로 온 거고."

"어떻게 그럴 수가……."

상상을 뛰어넘는 놀라운 진실에 나는 말을 잇지 못했다.

오빠는 나와 달리 우주를 건너 이 세계에 온 지 얼마 되지 않아 기억이 되살아났다고 했다. 그리고 조용히 평행 우주에 대해 알아보기 시작했다. 뛰어난 해커이기도 한 오빠는 일 년을 매달린 끝에 이 세계의 진실에 접근할 수 있었다. 지금도 엄청난 금액의 돈을 벌거나 누군가의 입을 막기 위해서 평행 우주 이동이 불법으로 이용되고 있다는 걸 알게 된 것이다.

"하지만 나는 모른 척하기로 했어. 왜냐하면…… 원래 내 세계는 정말 거지 같았으니까."

내내 차분하던 오빠가 아랫입술을 깨물며 말을 멈췄다. 기억을 떠올리는 것 자체가 고통스러운 듯 잠시 눈을 감기도 했다. 한참 만에 긴 한숨을 토해 낸 오빠는 몇 문장으로 자신의 과거를 짧게 설명했다.

"원래 내가 있던 세계는 달이 존재하지 않는 곳이야. 그곳에서는 지독하게 가난했고, 그래서 미래를 생각할 수조차 없었지. 결국 평생을 갚아도 부족할 큰 빚을 진 부모와 함께 야반도주를 해야 했어. 캄캄했던 그날 밤, 빗길에 차가 미끄러져 죽을 뻔했을 때 무슨 일이 일어났는지 알아? 갑자기 환한 빛이 쏟아졌어."

오빠도 나처럼 죽기 직전에 평행 우주 점프를 한 거였다. 그게 납치가 아니라 구조라고 여기고 싶었던 아빠의 마지막 양심이었을 거라고 오빠는 말했다. 한마디로, 우리는 불행했기 때문에 선택된 것이었다.

"시은아, 그러니까 나는 결국 이 세계의 아빠 덕분에 생명을 건진 거야. 한때는 사치라고 생각했던 꿈도, 미래도 생겼고. 그래서 아빠를 원망하지 않아."

그렇게 말한 오빠가 충격으로 얼어 있는 내 눈을 들여다보며 물었다.

"너도 그렇지 않아? 네 원래 세계도 엉망진창이었지?"

나를 후려치던 아빠의 큰 손, 허공을 가르던 허리띠 소리를 떠올리자 이제는 사라진 흉터가 따끔거렸다. 내가 가짜라는 걸 알게 된 순간부터 영원히 이 고통에서 벗어날 수 없을 것이라는 확신이 들었었다. 몰랐다면 겪지 않았을 고통이다. 그렇게 생각하자 오빠가 못 견디게 미워졌다.

"그럼 그냥 기억 못 하는 채로 내버려두면 됐잖아. 그러면 이렇게 혼란스럽지도, 괴롭지도 않았을 거라고! 왜 알려 준 거야? 왜!"

어느새 나는 울부짖고 있었다.

"나도 그러려고 했어. 아빠가 지금의 너에게 만족했다면."

오빠의 목소리가 무겁게 가라앉았다. 불길한 예감이 온몸을 훑고 지나갔다. 완벽한 오빠와 달리 나는 영재 학교에 겨우 들어갔다. 최근에는 학교 수업을 제대로 못 따라가서 과외를 받고 있다. 공간 지각 능력이 회복되지 않는다고 걱정하던 아빠의 모습도 떠올랐다.

목덜미가 선득해졌다. 나는 떨리는 목소리로 물었다.

"아빠가 내게 만족하지 않으면 무슨 일이 벌어지는데?"

오래 머뭇거리던 오빠가 마침내 결심한 듯 입을 열었다.

"또 다른 시은이를 데려오겠지."

완벽한
아이가 되려면

모든 것이 거짓이었다. 나라고 믿었던 존재가, 사랑하는 가족이, 나를 둘러싼 세계가 전부, 통째로 내 것이 아니었다. 나를 구렁텅이에서 구해 준 아빠에게 고마웠다가도, 나 자신 그대로의 모습이 아닌 죽은 딸 노릇을 하며 살길 바라는 아빠가 미웠다. 여차하면 다른 아이로 바꿀 생각까지 하고 있다는 게 소름끼치게 무서웠다.

오빠는 최근에 아빠가 남아 있는 평행 우주 점프 이용권을 꺼내는 걸 봤다고 했다. 내 인생이 아빠의 욕심과 변덕에 좌지우지된다는 게 믿기지 않았다.

눈이 퉁퉁 붓도록 울다가, 스스로를 다독이다가, 다시금 분노가

치솟았다. 며칠을 그렇게 롤러코스터를 탄 것처럼 극단의 감정을 오르락내리락했다. 영혼 없는 껍데기만 간신히 학교와 집을 오갔을 뿐, 펀칭 센터는 무단으로 빠졌다. 나를 걱정하는 보라와 해준의 메시지가 쌓여 갔지만 대답하지 않았다. 내가 가짜라는 걸 알았는데, 앞으로 어떻게 살아야 할지 몰라서였다.

방황하는 나를 두고만 보던 오빠가 메시지를 보낸 건 일주일이 지난 토요일 새벽이었다.

[원래 세계로 다시 돌아갈 거니? 지옥으로 돌아가고 싶어?]

지옥이라는 단어를 보자 정신이 번쩍 들었다. 나는 황급히 고개를 저었다.

'아니, 아니야! 절대 그럴 수 없어!'

달이 하나뿐인 원래 세계는 말 그대로 지옥이었다. 내가 선택한 적 없는, 선택할 수도 없는 부모 때문이었다.

우리 집은 겉으로는 멀쩡해 보이는 중산층 가정이었다. 대기업에 다니는 아빠와 평범한 가정주부인 엄마 그리고 머리가 뛰어난 두 살 위 오빠가 있었다.

하지만 집에서는 숨 한 번 크게 쉴 수가 없었다. 언제부터 아빠가 엄마와 내게 손찌검을 했는지는 기억나지 않는다. 어릴 때는 그저 내가 잘못해서 맞은 줄 알았다. 그래서 다시는 그러지 않겠다고 울면서 아빠에게 매달렸다.

중학생이 돼서야 깨달았다. 아빠는 자기보다 잘난 사람을 견디지 못한다는 것을. 더 좋은 대학, 더 높은 연봉, 더 큰 집…… 끊임없이 남과 자신의 처지를 비교했고, 상처 난 자존심으로 인한 분노를 가족에게 풀었다. 아빠는 자격지심이 만든 괴물이었다.

아빠의 자존심을 세워 줄 수 있는 유일한 존재는 바로 영재 소리를 듣는 오빠였다. 하지만 오빠는 아빠의 끝없는 압박과 간섭을 이기지 못하고 중3 때 학원 옥상에서 뛰어내렸다.

그 후, 아빠는 더욱 폭력적으로 변했다. 조금만 화가 나도 엄마와 내게 손찌검을 했다. 처음엔 손으로, 나중에는 허리띠 같은 도구로. 심지어 등처럼 눈에 띄지 않는 곳만 골라 때렸다. 엄마는 점점 무기력해져 더 이상 날 지켜 주지 못했다.

폭력적인 아빠와 무책임한 엄마를 죽도록 미워했다. 그러나 벗어날 수 없었다. 그래서 밤마다 달을 보며 빌었다. 다정하고 멋진 진짜 부모가 나타나 나를 구원해 주길.

'그 소원을 이렇게 들어준 거야? 모든 걸 포기하려던 순간에?'

평행 우주를 넘어 새로운 부모를 만나게 되리라고는 상상도 하지 못했다. 하지만 그게 내게 주어진 두 번째 삶이라면, 놓치고 싶지 않다. 지금의 아빠는 위선적이지만 때리는 아빠와는 비교할 바가 아니다. 그 대가가 원래의 나를 버리는 것이라면 얼마든지 그럴 수 있다. 어차피 내가 사라졌다고 슬퍼할 사람은 없다. 나를 붙잡는 것 하나 없는 세계였다. 미련은 털끝만큼도 없다.

[아니, 나는 이 세계에서 끝까지 살아남을 거야. 아빠가 바라는 완벽한 딸이 되어서.]

그렇게 오빠에게 메시지를 보내고 나니 마음이 확실해졌다. 나는 곧바로 1층 주방으로 내려갔다. 어젯밤 늦게 들어온 아빠를 위해 아침 준비를 하기 위해서였다. 토스트를 굽고, 아빠가 좋아하는 원두로 커피를 내렸다.

"와! 커피 냄새 좋은데."

주방에 들어오던 아빠가 식탁에 차려진 아침과 나를 번갈아 보고는 눈이 휘둥그레졌다.

"최시은, 네가 아침을 한 거야? 잠꾸러기가 웬일이래."

고개를 갸웃거리면서도 아빠는 기분이 좋은 듯 입꼬리를 올리며 웃었다.

"에이, 나도 이 정도는 할 수 있어요. 앞으로 주말 아침에는 내가 아침 준비할게요. 아빠도 가끔씩 늦잠 좀 자요."

"이야, 말만 들어도 고맙다. 그래도 너는 공부에만 신경 써. 두 달 있으면 SBM 테스트잖아."

아빠가 커피를 한 모금 홀짝이며 말했다. 그리고 곧 만족스러운 미소를 지었다. 인터넷으로 커피를 맛있게 내리는 법을 보고 몇 번이나 연습한 결과였다. 나는 이어서 아빠의 마음을 확실하게 사로잡을 회심의 일격을 던졌다.

"테스트는 걱정 안 해도 돼. 무조건 잘 볼 거라니까요. 그보다나, 미술 아카데미에 다니고 싶어요. 테스트 끝나고 나면 전공을 정해야 하잖아요. 미리 실력을 올려놔야 원하는 전공을 선점할 수 있을 것 같아요."

예상대로 아빠의 얼굴이 환해졌다. 아빠는 미술에 재능을 보였던 죽은 딸의 꿈을 내가 이루길 바란다. 불행하게도 나는 그림에 재능도, 흥미도 없다. 영재 학교 편입 때 낸 포트폴리오도 아빠가 붙여 준 전문가의 도움으로 간신히 만들었다.

하지만 더는 아빠를 실망시킬 수 없다. 완벽한 딸이 되려면 반드시 미술에서 성과를 거둬야 한다.

"잘 생각했어! 아빠가 우리나라에서 최고로 좋은 미술 아카데미를 알아봐 줄게. 아니, 이럴 게 아니라 지금 당장 알아봐야겠다, 오후에 가 볼 수 있도록."

아빠는 토스트를 먹다 말고 벌떡 일어나 거실로 나가더니 바쁘게 어디론가에 전화를 걸었다. 잔뜩 들뜬 아빠를 보며 가슴을 쓸어내렸다. 일단은 아빠가 다른 시은을 떠올리지 않게 막은 것 같았다.

문득 나를 쳐다보는 시선이 느껴졌다. 고개를 들자 어느새 주방에 들어온 오빠가 나를 보며 슬쩍 웃었다. 오빠가 등을 떠밀어 주지 않았다면 나는 지금도 이불 속에서 끙끙거리고 있었을 거다. 멋쩍게 웃으며 오빠에게 토스트가 담긴 접시를 내밀었다. 오빠는 내가 만든 토스트를 한 입 베어 물더니 말했다.

"시은아, 버터를 너무 많이 넣었네."

평소 같았으면 토스트를 뺏으며 "그럼 먹지 마!"라고 소리쳤을 텐데, 주춤했다. 그 말이 꼭 "아빠 입맛에는 안 맞을 거야"로 들렸기 때문이다. 초조해진 나는 통화가 길어지는 아빠를 흘끔거렸다. 나와 눈이 마주친 아빠는 웃으며 손가락으로 오케이 표시를 해 보였다. 기분이 상당히 좋은 것 같았다. 그제야 안심이 됐지만, 무거운 돌이 얹힌 듯 답답한 가슴은 그대로였다.

토스트를 다 먹은 오빠는 힘내라는 듯 내 어깨를 토닥이고는 주방을 나갔다. 고마워야 하는데 가슴 한구석이 따끔거렸다. 똑같이 평행 우주를 건너왔는데, 나와 달리 오빠는 여유로워 보였다. 나도 오빠처럼 머리가 뛰어났다면 매 순간 아빠의 눈치를 살피며 불안에 떨지 않을 텐데.

'이런 미친, 지금 오빠를 질투하는 거야? 최시은, 진짜 못났다.'

그때 아빠가 주방에 들어오며 밝은 목소리로 외쳤다.

"시은아! 아빠가 '탑아트' 아카데미에 상담 예약했어. 오후에 바로 가 보자."

"진짜요? 거기, 최고의 아트 디렉터들은 다 거쳐 간다는 곳이잖아요. 레벨 테스트만 6개월 대기해야 한다던데? 어떻게 그렇게 금방 예약한 거예요?"

내가 진심으로 놀라자 아빠는 어깨를 으쓱였다.

"이 정도 가지고 뭘. 시은이 널 위해서라면 아빠는 뭐든지 할 수 있어."

평소라면 감동했을 말이 오히려 무서웠다. 뭐든지 해 주고 싶은 시은이 꼭 내가 아니어도 되니까 말이다.

'아니야, 이런 나약한 생각을 하면 안 돼! 당연히 그 시은이가 돼야지. 아빠의 완벽한 딸이 되는 것만 신경 써.'

나는 손톱이 손바닥을 파고들어 아프도록 주먹을 꽉 쥐었다.

발소리가 들리지 않을 정도로 푹신한 고급 카펫이 복도 전체에 깔려 있었다. 깨끗한 아이보리색 벽에는 금빛 테두리로 마감된 액자들이 일렬로 걸려 있어 꼭 갤러리 같았다. 액자에는 탑아트 아카데미 출신 유명 아트 디렉터들의 사진이 들어 있었다.

하늘색 투피스 차림을 한 비서가 양복을 차려입은 아빠와 나를 원장실로 안내했다. 나이를 가늠할 수 없는 장발의 남자가 웃음 가득한 얼굴로 우리를 맞았다.

"엔티 그룹 회장실에서 직접 연락을 주셨더군요. 규정대로라면 레벨 테스트를 보셔야 하지만, 그룹 차원에서 보장하신다니 따님의 입소를 허가합니다."

엔티 그룹이라면 자율 주행을 기반으로 한 모빌리티 글로벌 그

룹으로, 세계 최고의 기업이다. 일 년 전 사건 때문에 아빠와 거래를 한 곳이기도 하고. 아빠는 여전히 그 사건을 빌미로 원하는 것을 얻어 내고 있는 모양이었다. 원장은 아빠와 나를 번갈아 보더니 이렇게 덧붙였다.

"하지만 아시다시피 저희 아카데미는 철저히 실력을 중시하는 곳입니다. 한 달에 한 번씩 실력 테스트를 보고, 기준에 못 미치는 수강생은 바로 퇴소 조치를 합니다. 이 점 유의해 주시면……."

아빠의 얼굴에 불쾌한 기색이 떠올랐다.

"퇴소라니요? 그럴 일은 절대 없을 겁니다. 시간이 촉박하지 않았다면 정식으로 레벨 테스트를 쳤을 거고요. 재능은 제가 보장하지요. 저희 딸은 국립 영재 고등학교에도 당당히 합격했어요. 그러니까 최고 실력으로 키워 주시기만 하면 됩니다."

원장은 빠르게 고개를 끄덕이며 미소 지었다. 하지만 눈은 웃고 있지 않았다. 엔티 그룹씩이나 되니까 예술가와 교육자로서의 자존심을 꺾고 비공식 입소를 허가했을 것이다. 그런데 고마워하기는커녕 발끈하는 아빠가 얼마나 무례해 보일까.

나 역시 당혹스러웠다. 아빠는 집에서는 다정하고 세심하게 굴려고 늘 노력한다. 하지만 오늘은 왠지 자격지심으로 똘똘 뭉쳐 화를 참지 못하던 예전 세계의 아빠를 보는 것 같았다. 어느 쪽이 진짜 아빠의 모습일까? 도망치고 싶은 마음을 가까스로 가라앉히며 아빠의 팔짱을 꼈다.

"아빠도 참. 그렇게 진지한 얼굴로 말하면 진짜 같잖아요. 저희 아빠가 원래는 안 그런데 제 일에는 좀 예민하세요. 아무튼 원장 선생님, 입소를 허락해 주셔서 감사합니다. 아카데미의 이름에 누가 되지 않도록 정말 열심히 할게요."

내가 싹싹하게 고개를 숙이자 비로소 원장의 구겨진 얼굴이 펴졌다. 원장은 앞으로 기대하겠다는 말을 끝으로 다시 비서를 호출했다.

비서는 아빠와 나에게 2층부터 5층까지 각각 어떤 시설이 있는지 소개해 주었다. 고1인 나는 3층에 있는 데생실을 주로 사용하게 된다. 인당 하나씩 배정되는 데생실에서는 최첨단 AI 선생님이 실시간으로 객관적인 평가를 내려 준다고 했다. 매일 평가라니. 엄청나게 스트레스를 받을 것이 분명했다. 그 점수가 실력 테스트에 반영되지 않는다는 것이 그나마 다행이었다.

주말인데도 나온 아이들이 꽤 많았다. 아이들은 흔한 석고상 대신 음영이 명확한 홀로그램 모델의 방향을 바꿔가며 인체 소묘를 하고 있었다. 줄줄이 붙은 개인 데생실을 지나치면서 아이들의 그림을 슬쩍 보았다. 고등학생이라는 것이 믿기지 않을 정도로 다들 수준급이었다.

'정말 내가 저 애들과 경쟁해서 이길 수 있을까?'

점점 더 자신이 없어졌지만, 티를 낼 수는 없었다.

마지막 개인 데생실에 있는 내 또래의 여자애는 더 대단했다.

서거나 앉아 있는 정적인 자세를 그리는 다른 아이들과 달리 역동적으로 춤을 추는 인물을 그리고 있었다. 그 애의 분위기도 아까 본 아이들과 사뭇 달랐다. 아무렇게나 틀어 올린 머리와 보풀이 올라온 회색 교복이 후줄근했다. 공장 지대로 유명한 수도권 소도시의 일반 공립 학교 교복이었다.

아빠는 혀를 쯧 차더니 비서에게 물었다.

"여기 학생들 수준이 최고라고 들었는데, 어떻게 저런 학교 애가 다니고 있죠?"

비서가 고개를 돌려 여자애를 보더니 목소리를 낮추었다.

"아, 민영이 말이군요. 저희 아카데미에서는 사회적 약자를 배려하는 차원에서 재능이 뛰어난 학생들에게 기회를 주고 있습니다. 일종의 사회 복지 개념이죠. 정말 뛰어난 학생인데, 아쉽게도 다음 달에는 그만둘 것 같아요."

그 순간, 그 애의 팔목에 난 보랏빛 멍을 발견한 나는 나도 모르게 물었다.

"왜요?"

"아무리 수업료가 면제된다고 해도 미술을 전공하는 데에는 돈이 많이 드니까요. 부모가 대학에 가는 대신 취직하기를 바라나 보더라고요. SBM 테스트 준비도 못 해서 좋은 곳에 취직하기는 힘들 텐데."

그때, 우리의 시선을 느꼈는지 민영이라는 애가 복도 쪽으로 고개를 돌렸다. 그러자 비서는 아차 하는 얼굴로 입을 다물었다. 개인 정보를 너무 많이 얘기했다는 걸 깨달은 모양이었다.

그 애는 내가 자기 팔목을 보고 있다는 걸 알아채고는 얼른 소매를 내려서 멍을 가렸다. 뭔가가 가슴을 쿡쿡 찌르는 기분이었다. 하지만 아빠는 경쟁자를 한 명 제쳤다고 생각했는지 입가에 미소를 띠었다.

비서와 헤어져 나오는 길에 아빠가 아카데미 복도에 걸린 금빛 액자들을 가리키며 말했다.

"시은아, 어때? 역시 우리나라 최고의 아카데미지? 이제 여기서 재능을 마음껏 펼쳐 봐. 이 복도에 네 사진이 딱 붙으면 아빠는 너무 행복할 것 같아."

"그럼요. 정말 열심히 할게요."

나는 자신 있다는 걸 보여 주기 위해 열심히 고개를 끄덕였다. 그러자 아빠는 다정하게 내 손을 잡으며 물었다.

"우리 나온 김에 저녁 먹고 들어갈까? 네가 좋아하는 초밥 먹자. 아빠가 기가 막히게 잘하는 곳을 알고 있거든."

나는 대답을 바로 하지 못했다. 초밥을 좋아하는 건 내가 아니라 추모 공원에 누워 있는 '최시은'이다. 나는 생선을 싫어한다. 아빠는 모르는 척하고 싶은 걸까? 아니면 내 식성도 아빠 뜻대로 바꿀 수 있다고 생각하는 걸까?

아니, 이런 생각은 아무런 도움이 안 된다. 지금부터 무조건 생선을 좋아해야 한다. 그보다 더한 것도 좋아할 수 있다. 이 세계에서 살아남으려면, 반드시 그래야 한다.

나는 기대에 찬 표정을 지으며 두 손을 딱 마주쳤다.

"와! 진짜 맛있겠다. 나 2인분 먹어도 되죠?"

"그럼."

너무나 사랑스럽다는 듯 내 머리를 쓰다듬으며 아빠가 활짝 웃었다.

지켜야 하는
비밀

3일째 급식을 걸렀다. 시간이 아까워서였다. 배가 부르면 졸리는 데다가, 공부할 시간이 조금이라도 더 필요했다.

아이들이 빠져나간 교실에 혼자 남은 나는 어젯밤 과외 선생님이 뽑아 준 SBM 테스트 핵심 정리 노트를 꺼내 외우기 시작했다. 잠이 부족해 머리가 띵했지만 멈출 수 없었다. 며칠 전부터 나를 보는 아빠의 눈빛이 묘하게 차가워졌다. 분명히 학교에서 치른 가상 현실 시험을 망친 이후부터다.

SBM 테스트 기출 문제니까 영재 학교 학생이라면 이 시험에서 무조건 만점을 받아야 한다고 선생님은 강조했다. 시험은 메타버스로 구현된 달에서 목적지를 찾아가는 거였다. 그러기 위해서는 지구와 태양의 각도를 계산해서 내가 달의 어디쯤에 위치하고 있는지 알아내야 했다. 하지만 나는 반장이 일등으로 도착할 때까지 수식도 세우지 못했다.

아이들의 비웃음보다 아빠의 실망이 더 무서웠다. 두려움과 긴장으로 진땀이 흘렀고, 가슴이 답답했다. 그러다 불현듯 이 상황에서 벗어날 수 있는 유일한 방법이 떠올랐다. 몰라서 실패한 것이 아니라 아파서 못 한 거라면, 내가 부적격자라는 사실을 감출수 있을 것이다. 나는 아픈 척 쓰러졌고, 보건실로 옮겨졌다.

학교에서 연락을 받은 아빠가 달려왔다. 아빠는 두통에 잘 듣는 약이라며 예전에 준 것과 다른 약통을 내밀었다. 물론 먹는 척하면서 몰래 전부 버려 버렸다. 내가 누군지 정확하게 기억해야죽은 시은을 완벽하게 연기할 수 있을 테니까.

아빠는 그날 밤 바로 과외 선생님을 바꿨다. 국립 영재 고등학교 출신이라는 새로운 과외 선생님은 메타버스 미션의 핵심을 콕집어 주었다. 그 덕분에 다음 날 혼자 치른 시험은 무난하게 통과할 수 있었다.

하지만 다행이라는 생각이 들기는커녕 오히려 겁이 더럭 났다. 나는 아무 말도 안 했는데, 아빠는 내가 메타버스에서 헤맸다는 걸 어떻게 알았을까?

아무튼 확실한 건 그 이후로 아빠의 눈빛이 달라졌다는 것이다. 더는 아빠를 실망시켜서는 안 된다. 나는 충혈된 눈을 비비며

정리 노트를 노려보았다.

때마침 반장과 한 무리의 아이들이 떠들썩하게 교실로 들어섰다. 이어폰을 끼려는데, 반장이 외치는 소리가 귀에 꽂혔다.

"야! 이거 꼭 최시은 같지 않아?"

"그러게. 그러고 보니까 재 전학 온 시기도 되게 애매하잖아."

"뭐? 그럼 재가 귀신이라도 된다는 거야?"

몇몇이 반장의 말에 동의하듯 거들며 깔깔거렸다.

뭐라고 떠드는 건지 모르겠지만, 반장이 은근히 나를 따돌린다는 것은 이미 알고 있다. 학기 중간에 결원이 생긴 이유도 반장이 주도한 따돌림을 못 견딘 한 아이가 전학 갔기 때문이라고 보라가 말해 주었다. 그런 반장이 지금은 나를 못마땅해하니까 조심하라는 말도 덧붙였다. 내가 증강 현실 미로를 최단 시간으로 통과해서 주목받은 게 저 애의 자존심을 건드린 듯했다.

하지만 지금은 아무래도 좋았다. 그깟 험담이나 따돌림 따위는 아무것도 아니다. 무슨 짓을 당하더라도 이전 세계로 되돌아가는 것보다는 낫다. 나는 모른 척 이어폰을 귀에 꽂고는 노트로 시선을 돌렸다.

그런데 어느새 다가온 반장이 내가 보고 있던 노트 위에 뭔가를 탁 얹었다. 손바닥 크기의 포켓 메모리 북이었다.

"지금 뭐 하자는 거야?"

나는 고개도 들지 않고 짜증을 냈다. 반장은 내 반응은 아랑곳

하지 않고 메모리 북의 버튼을 눌러 영상을 재생시켰다.

"이거 너 아니야?"

"뭐래. 그게 뭔데?"

허공에 펼쳐진 홀로그램 영상으로 눈을 돌린 순간, 숨이 턱 막혔다. 보름달 데이에 갔던 쇼핑몰에서 비틀거리는 나와 나를 부축하는 해준의 모습이 나오고 있었다. 해준은 뒷모습이었고, 내 얼굴은 모자이크로 가려진 채였다.

이런 영상을 왜 반장이 가지고 있는지는 모르겠지만, 느낌이 좋지 않았다. 일단 발뺌하기로 했다.

"이게 누군데? 얼굴도 안 보이는데 왜 나라는 거야?"

"여기 잘 봐 봐. 가방에 우리 학교 마크 배지가 달려 있잖아. 가방은 네 거랑 똑같고."

반장은 빙글거리며 내 가방에 달린 배지를 가리켰다. 급해서 가방을 그냥 메고 나간 것이 실수였다. 얼굴이 달아올랐지만 애써 태연한 척하려고 노력했다.

그러는 사이 반장이 영상을 보며 다시 물었다.

"이건 또 어떻게 설명할 건데?"

영상은 어느새 남영시 낙원 추모 공원의 모습으로 바뀌어 있었다. 금발 머리 여자애가 내게 보여 줬던 바로 그 영상이었다. 최시은의 봉안함이 클로즈업되고, 그 앞 디스플레이에서 생전 모습이 흘러나오는 부분이었다. 다행히 그것 역시 흐릿하게 처리해서 얼굴을 알아볼 수는 없었다.

안심하려는 찰나, 충격적인 자막이 나타났다.

일 년 전에 죽은 내 친구가 돌아왔다!

내가 채 놀라기도 전에 자막이 "믿기지 않는다고요? 직접 비교해 보겠습니다"라고 바뀌었다. 그리고 쇼핑몰에서 찍힌 내 얼굴과 디스플레이에 나온 최시은의 얼굴을 안면 인식 프로그램으로 분석하는 장면이 나왔다. 결과는 100퍼센트 동일 인물. "내 친구는 도플갱어? 복제 인간? 아니면 진짜 귀신?"이라는 자막이 뜬 후, 영상은 끝났다.

금발 머리 여자애가 나를 몰래 찍어서 인터넷에 올린 것이 틀림없었다. 조회 수와 댓글이 엄청났다. 어떻게든 감추고 싶었던 비밀을 이렇게 쉽게 들켜 버리다니……. 머릿속이 새하얗게 변했다. 입술이 바르르 떨려 아무 말도 할 수 없었다.

그때, 누군가가 버튼을 눌러 메모리 북을 껐다. 허리에 척 손을 올린 보라가 혀를 찼다.

"쯧! 이거 딱 봐도 가짜구만. 영재고 다닌다는 것들이 진짜 한심하다, 한심해."

보라가 비아냥거리자 반장이 발끈했다.

"누가 귀신을 믿는다고 했어? 영상 댓글들 못 봤어? 범죄 저지른 후에 죽은 척 신분 세탁 했을 수도 있잖아. 게다가 이 배지 때문에 우리 학교 학생이라는 게 밝혀져서 괜히 학교 이미지만 나빠졌다고."

"뭐? 신분 세탁? 너 영화를 너무 많이 본 거 아니야? 그리고 학교 이미지 걱정을 네가 왜 하는데? 이걸 누가 올렸는지는 모르겠지만, 진짜라면 왜 모자이크로 얼굴을 가렸겠냐?"

똑 부러지는 보라의 말에 반장은 대답을 하지 못했다. 보라는 몰려든 아이들을 둘러보며 다시 입을 열었다.

"이거, '미스터리 미러 하우스'라는 사이트에 올라온 거야. 온갖 유령, 종말론 같은 음모론이나 거짓 예언이 판을 치는 곳이지. 한마디로 과학적으로 검증되지 않은 쓰레기 정보가 넘쳐 나는 곳이라고. 이 게시 글에 달린 댓글 수준 좀 봐 봐. 귀신이나 도플갱어 얘기는 아무것도 아니야. 반장이 말한 신분 세탁은 물론이고 평행 우주를 넘어온 거라는 소리까지 있더라. 너네는 그런 게 말이 된다고 생각해?"

보라의 입에서 평행 우주라는 말이 나오자마자 가슴이 철렁 내려앉았다. 하지만 말하는 보라는 물론, 아이들도 별 헛소리를 다 듣는다는 얼굴이었다. 나는 얼른 놀란 표정을 감췄다.

보라는 반장과 아이들을 돌아보며 마지막 쐐기를 박았다.

"안 쪽팔려? 대한민국에서 제일 똑똑하다는 애들이 이런 걸 보고 수군거리기나 하고. 어떤 정보를 판단할 때는 출처가 어디며,

변형의 흔적은 없는지 알아보는 게 기본 아니야?"

친구라고 나를 무조건 믿어 주는 보라가 고맙고 또 미안했다.

이쯤 하면 물러나겠거니 했는데, 아랫입술을 씹어 대던 반장이 갑자기 눈을 빛냈다.

"그렇다 해도 저 영상은 진짜잖아. 누가, 언제, 왜 찍었는지 찾아봐야겠는걸. 우리 학교 명예도 있고 말이야. 무엇보다 난 저 영상 속 진짜 얼굴이 너무 궁금한데. 너흰 안 그래?"

몇몇 아이들이 고개를 크게 주억이며 반장 편을 들었다. 무섭고 떨렸지만 온몸에 힘을 주고 반장을 똑바로 쳐다보았다.

"찾으면 꼭 알려 줘. 나도 궁금하니까."

내가 입꼬리를 올리며 웃자 반장은 기분이 상한 듯 쳇 하고 코웃음을 치고는 등을 돌렸다.

나는 보라에게 고맙다고 눈인사를 하고 천천히 교실을 나왔다. 더는 여유로운 척, 괜찮은 척 앉아 있기가 힘들었다.

화장실 세면대에 찬물을 받아서 달아오른 얼굴에 마구 끼얹었다. 하지만 좀처럼 시원해지지 않았다. 뜨거운 눈물이 자꾸 흘러넘쳤기 때문이었다.

반장이 정말 금발 머리 여자애를 찾아내면 어떡하지? 내가 가짜라는 게 밝혀지면? 평행 우주 점프의 비밀이 세상에 드러나면, 아빠는 나를 지켜 줄까?

고개를 세차게 저었다. 아빠를 믿을 수 없었다. 자식을 자기 과

시를 위한 도구로 여기는 건 두 세계의 아빠가 똑같았다. 게다가 아빠는 이미 불법을 저질렀으니 그걸 감추기 위해서 무슨 짓이든 할 것이다. 그렇게 되기 전에 반드시 내가 해결해야 한다.

나는 어금니를 꽉 깨물고 거울 속의 나를 똑바로 쳐다보았다.

'최시은, 그만 울어! 지금 해야 할 일은 우는 게 아니라 원본 영상을 손에 넣는 거야. 그게 더 퍼지지 않게 당장 없애 버려야 해.'

그러자 거세게 뛰던 심장이 고요해지면서 묘하게 차분해졌다. 나는 냉철하게 영상을 지울 방법을 생각하기 시작했다. 얼마 지나지 않아 해야 할 일이 무엇인지 깨달을 수 있었다. 나는 말개진 얼굴로 교실로 향했다.

곧 기차가 출발할 시간이었다. 플랫폼에 선 나는 입구만 초조하게 쳐다보았다. 더 기다릴 수 없어 기차에 타려는 순간, 뛰어오는 해준이 보였다. 그렇게 기다렸으면서 정말 올 거라고 기대하진 못했던 터라, 반가움인지 미안함인지 모를 눈물이 핑 돌았다.

"미안, 많이 기다렸지? 황 감독님 잔소리가 길어져서. 어엇! 기차 출발하겠다. 어서 타자."

해준은 자신과 눈도 제대로 못 맞추는 내 손을 붙잡고 재빨리 기차에 올라탔다.

남영시로 가는 특급 열차에 해준과 나란히 앉은 건 이번이 두 번째다. 좋은 일로 가는 것도 아닌데 해준은 날 보며 자꾸 웃었다.

어젯밤엔 정말 집에 들어가기 싫었다. 학교에서는 미스터리 사이트에 올라온 영상 때문에, 아카데미에서는 AI 선생님에게 혹평을 들어서 종일 지옥에 있다 온 기분이었다. 이제는 집도 더는 내게 편한 곳이 아니었지만, 갈 곳이 없었다.

무거운 발걸음으로 언덕을 오르다 집 앞에서 나를 기다리던 해준과 마주쳤다. 너무 뜻밖이라 괜찮은 척 가면을 쓸 겨를이 없었다. 오만가지 감정이 밀려들면서 눈물이 툭 터져 나왔다. 당황한 해준이 내 등을 토닥이며 달랬다. 나는 울먹이면서 학교에서 있었던 일을 이야기했고, 도와주고 싶다는 해준에게 염치없게도 남영시에 같이 가 달라고 부탁했다. 그래서 오늘 해준이 연습도 빼먹고 기차역으로 달려온 것이다.

'해준이는 왜 내게 잘해 주는 걸까? 내가 뭐라고.'

창밖을 바라보며 생각에 잠긴 내게 해준이 뭔가를 내밀었다. 예쁘게 포장된 샌드위치였다.

"뭐야, 이건?"

"너랑 바다 보러 간다니까 엄마가 직접 싸 주셨어."

"뭐? 네 어머니가 나를 아셔?"

"그럼. 너한테 얼마나 고마워하셨는데. 원래 그날 엄마가 먼저 재활원에 가 있기로 했었거든. 그런데 갑자기 몸이 안 좋아지셔서 못 갔어. 이준이 녀석, 조금만 더 기다리면 되는 걸 못 참고 나갔다가 길을 잃은 거지. 그때 널 만난 게 얼마나 다행이냐며 엄마가 꼭 인사 전해 달래."

해준은 샌드위치를 한 입 크게 베어 물더니 말했다.

"너도 먹어 봐. 걱정하느라 아무것도 못 먹었을 거 아냐. 우리 엄마 샌드위치 꽤 맛있어."

그러고는 소풍이라도 가는 것 같은 표정으로 우물우물 씹었다. 어이가 없으면서도 피식 웃음이 새어 나왔다.

왜 해준과 함께 있으면 안심이 될까? 왜 자꾸 기대고 싶을까? 해준을 좋아해서만은 아니었다. 생각해 보면, 해준을 처음 만났을 때부터 그랬다. 이상하게 오랜 친구처럼 익숙했고, 그래서 믿고 싶었다.

해준을 처음 본 순간을 떠올렸기 때문일까? 갑자기 심장이 콩닥거렸다. 두근거리는 가슴을 진정시키기 위해 얼른 샌드위치를 한 입 먹었다. 진한 치즈와 달걀의 풍미가 느껴졌고, 아삭한 양상추가 씹혔다. 비싼 재료 하나 없는데도 아빠의 건강하기만 한 쿠키와 달리 정말 맛있었다.

펀칭 연습을 빼먹고 친구랑 바다 보러 간다는 아들에게 샌드위치를 싸 주는 엄마는 어떤 사람일까. 해준이 무엇을 해도, 아니, 하지 않아도 그 자체로 사랑해 주는 사람일 듯했다. 누군가에게 한 번 마음의 문을 열면 그 사람을 완전히 믿어 버리는 해준의 심성은 그런 엄마를 닮은 걸까.

샌드위치를 다 먹은 나를 흐뭇하게 바라보던 해준이 물을 건네며 물었다.

"그러니까 그 금발 머리 여자애가 아직 남영시에 살고 있다는 거지?"

갑작스러운 물음에 나를 짓누르는 현실의 문제로 돌아왔다. 물을 꿀꺽 삼킨 나는 진지하게 대답했다.

"응, 그 사이트에 올린 글을 보니까 주말이라 서울에 있는 사촌네 놀러 갔다가 나를 만났다고 하더라. 그리고 영상에 나온 교복으로 걔가 다닌 중학교도 찾았어. 그 중학교 근처 고등학교를 다 뒤지다가 남영 중앙 고등학교 홈페이지에서 합창부로 활동 중인 영상을 발견했고."

이 정보들은 보라의 도움으로 찾을 수 있었다. 화장실에서 돌아온 후, 나는 아무렇지 않은 표정으로 보라에게 미스터리 미러 하우스라는 사이트는 어떻게 알고 있냐고 물었다.

과학으로 설명할 수 없는 미스터리한 일에 관심이 많은 보라는 각종 미스터리 사이트를 돌아다니는 것이 취미라고 했다. 미스터리 미러 하우스는 요즘 인기가 급상승 중인 곳인데, 특히 최근에 죽은 사람이 돌아왔다는 이야기가 자주 올라온다고 했다.

하긴, 평행 우주를 통해 가족을 데려온 사람이 아빠만은 아닐 것이다. 지금은 단순한 괴담쯤으로 여겨지지만, 언젠가는 진실이 드러날지도 모른다. 그걸 막기 위해서라도 원본 영상을 찾아 삭제해야 했다. 보라가 보내 준 링크로 금발 머리 여자애가 올린 글을 확인했고, 학교까지 찾아낼 수 있었다.

내 얘기를 조용히 듣고 있던 해준이 물었다.

"그런데 어떻게 스마트 밴드에 저장된 영상을 없애지? 손목에 차고 있는 걸 억지로 뺏을 수도 없고."

나는 가방에서 손가락 길이의 정전기 스틱을 꺼내 해준에게 보여 주었다.

"나도 그게 걱정이라 방법을 좀 알아봤어. 이건 아주 강한 정전기를 유발시키는 장치야. 디지털 기계는 데이터를 0과 1로 저장하잖아. 스마트 밴드 같은 기계가 순간적으로 강한 정전기 충격을 받으면 저장돼 있던 숫자가 전부 1로 바뀐대. 원래 데이터가 뭐였는지 기억할 수 없는 상태가 되는 거지."

오빠가 내게 해 준 설명을 그대로 되풀이했을 뿐인데, 해준이 감탄스럽다는 눈빛을 보냈다.

아무리 생각해도 혼자서 해결할 수가 없어서 결국 오빠에게 손대지 않고 데이터를 삭제할 수 있는 방법에 대해 물어보았다. 오빠는 뭔가를 눈치챈 것 같았지만 이유를 묻지 않고 정전기 스틱을 직접 만들어 주었다. 같이 가 주겠다고도 했지만, 거절했다. 오빠는 이미 나를 위해 많은 것을 해 주었다. 그리고 오빠까지 아빠의 눈 밖에 나게 하고 싶지는 않았다.

"걔가 내 얼굴을 알고 있어서 내가 직접 할 수는 없을 것 같아."

내가 미안해하자 해준은 정전기 스틱을 가져가 자기 주머니에 넣으며 말했다.

"어려운 것도 아닌데, 뭐. 그리고 순발력은 내가 더 좋잖아."

잠시 머뭇대던 해준이 내 눈을 똑바로 들여다보았다.

"이제 말해 줄 수 있어? 왜 이렇게까지 그 영상에 집착하는 건지. 납골당에 있던 최시은은 동명이인일 뿐 아예 다른 사람이라고 했었잖아. 그걸 보여 주면 되는 거 아니야?"

심장이 덜컥 내려앉았다. 어제는 우는 나를 달래느라 묻지 않았을 뿐, 내내 이상하게 여겼을 것이다. 이제 납골당에서 거짓말을 했다는 걸 밝힐 수밖에 없다. 그러나 내가 진짜 최시은이 아니라는 사실을 깨달아서 그랬던 것이라고는 차마 말할 수 없었다. 해준이 납득할 만한 또 다른 거짓말을 떠올려야 한다. 나는 몸이 떨리는 걸 감추려고 주먹을 꽉 쥐었다.

"그땐 거짓말해서 미안해. 그거, 사실 내 봉안함 맞아."

놀란 해준의 눈이 휘둥그레졌다.

"나도 얼마 전까지는 몰랐어. 내가 사고가 나서 기억을 잃어버렸다고 했던 거 기억나지? 봉안함을 보고 나도 엄청나게 충격받았어. 그 후로 조금씩 기억이 되살아났고."

나는 그 기억을 떠올리는 것이 힘들다는 듯 잠시 머뭇거렸다. 급하게 생각해 낸 거짓말을 다듬을 시간이 필요했다. 해준에게는 미안했지만, 제발 속아 넘어가길 바라며 말을 이었다.

"그 금발 머리 여자애는 나를 지독하게 괴롭히던 애였어. 억지로 굴욕 사진도 찍혔는데…… 미안하지만 어떤 사진인지는 진짜 말 못 해. 아무튼 그 애는 자기 말을 안 들으면 그걸 퍼뜨려 버릴 거라고 협박했어. 견디지 못한 나는 죽으려고 했고, 자살 시도 일 주일 만에 겨우 의식을 되찾긴 했지만 기억을 잃어버리고 말았지. 모든 사실을 알게 된 아빠는 남영시를 떠나 새롭게 시작하자고 했어. 그러려면 거기서는 죽은 사람이 되는 게 낫다고."

어느새 거짓말이 술술 나왔다. 나는 그 여자애가 쇼핑몰에서 나와 마주쳤을 때, 내가 그동안 죽은 척했다는 걸 눈치챈 것 같다고 말했다. 남영시를 떠난 지 일 년이나 지났는데도 여전히 나를 괴롭히려고 그런 글을 올린 거라며 울먹이기까지 했다.

내 거짓말은 해준에게 강한 동기가 된 것 같았다. 해준은 존재하지도 않는 굴욕 사진이 담겨 있는 스마트 밴드의 데이터를 꼭 삭제하겠다고 몇 번이나 다짐했다.

그러는 사이 기차가 남영시에 도착했다.

절대
놓지 않을 손

남영 중앙 고등학교 앞은 하교하는 아이들로 떠들썩했다. 우리는 모자를 푹 눌러쓴 채 그 아이들의 얼굴을 빠짐없이 살폈지만, 금발 머리 여자애는 보이지 않았다. 시간이 지날수록 심장이 긴장으로 쪼그라들어 갔다.

"저기 쟤 아니야?"

해준이 누군가를 가리키며 소곤거렸다. 친구들과 재잘거리며 교문을 빠져나오는 여자애가 보였다. 아무 걱정 없이 즐거워 보이는 얼굴이었다. 자기가 올린 영상 때문에 내가 얼마나 고통받고 있는지도 모르고 말이다. 나는 가슴에 뻐근한 통증을 느끼며 최대한 목소리를 낮추었다.

"맞아, 혼자가 될 때까지 따라가 보자."

조용히 미행한 지 십 분쯤 지났을까. 여자애가 친구들과 헤어져 골목길로 들어갔다. 해준이 오른쪽 손으로 정전기 스틱을 안 보이게 말아 쥐었다. 그리고 긴장을 감추려는 듯 웃어 보였다. 경직된 뺨이 움찔거렸다.

"금방 갔다 올게."

"응, 조심해."

나는 꺾어지는 담벼락에 몸을 감추고는 달려 나가는 해준의 뒷모습을 바라보았다.

모자를 깊숙이 눌러쓴 해준은 급한 일이 있는 것처럼 뛰어가다가 금발 머리와 부딪혔다. "앗!" 하는 외마디 비명과 함께 여자애가 쓰러졌다.

"아, 정말 미안해요."

해준이 사과를 하며 일으켜 주겠다는 듯 여자애에게 정전기 스틱을 감춘 손을 내밀었다. 모자로는 해준의 외모를 전부 가릴 수 없었는지, 금발 머리가 얼굴을 붉히며 손을 내밀었다. 이제 스틱으로 스마트 밴드를 살짝 건드리기만 하면 된다.

그런데 그때였다.

"이 새끼, 너 뭐야!"

누군가가 소리를 지르며 해준과 금발 머리 쪽으로 달려왔다. 쇼핑몰에서 함께 있었던 여자애의 남자 친구였다. 그 바람에 놀란 해준이 스틱을 떨어뜨리고 말았다.

지금 기회를 놓친다면 다음은 없으리라는 것이 확실했다. 해준도 그렇게 생각한 걸까? 멀리 굴러간 스틱과 금발 머리가 찬 스마트 밴드를 번갈아 보던 해준이 결심한 듯 이를 악물었다. 그러고는 갑자기 그 애의 손목에서 스마트 밴드를 거칠게 낚아챘다.

"뛰어!"

해준이 내게 달려오면서 외쳤다. 앞뒤 잴 것도 없었다. 나는 무작정 앞을 향해 뛰기 시작했다.

"거기 서! 저 도둑놈 잡아라!"

뒤에서 소리치며 남자애가 쫓아왔다. 어느새 내 옆까지 달려온 해준은 자꾸 처지는 나를 두고 볼 수 없었는지 내 손을 잡았다.

해준이 끌어 준 덕분에 남자애와의 거리가 조금씩 벌어졌다. 그렇다고 안심하기는 일렀다. 금발 머리가 그새 신고를 했는지 어디선가 경찰차 사이렌 소리가 들렸기 때문이었다.

'제발! 제발 여기서 무사히 빠져나가게 해 주세요!'

누구에게인지 모를 기도를 하며 미친 듯이 뛰었다. 골목길을 빠져나오자마자 큰길에 정차 중인 자율 주행 버스가 보였다. 막 문이 닫히려는 찰나, 우리는 가까스로 버스에 뛰어들었다. 달리는 버스의 창 너머로 주먹을 들어 올리며 분통을 터뜨리는 남자애의 모습이 점점 멀어졌다.

간신히 한숨을 돌린 해준이 한시라도 빨리 이곳을 떠나자고 했다. 하지만 나는 납골당에 있는 증거도 없애야 한다고 고집을 부렸다. 혼자라도 가겠다고 하자, 해준은 말없이 따라왔다.

평일 저녁이라 다행히 추모 공원에는 사람이 거의 없었다. 최시은의 봉안함 앞에 섰지만 이상하게 긴장되지 않았다. 나는 차분하게 오빠가 준 해킹 프로그램 칩을 꺼내 봉안함 디스플레이에 꽂았다. 새로운 영상으로 업그레이드하는 척했지만, 사실 칩에는 기존 영상을 모두 삭제하는 프로그램이 담겨 있다.

최시은과 관련 없는 가짜 영상이 흘러나오는 걸 확인한 후, 엄마의 편지와 선물도 몽땅 가방에 집어넣었다. 의심받지 않기 위해 준비해 간 다른 사진과 꽃도 올렸다. 이제 이 봉안함의 주인은 나와 이름만 같을 뿐 아무런 상관이 없는 사람이 됐다.

밤늦게 서울역에 도착한 우리는 가장 가까운 한강 다리를 찾았다. 검푸른 한강 위에 두 개의 달그림자가 길게 드리워져 있었다. 물결 위로 반사된 달빛이 어지럽게 흔들렸다. 나는 발뒤꿈치를 들고 난간 아래로 흐르는 강물을 하염없이 바라보았다. 그 모습이 아슬아슬해 보였는지 해준이 내 팔을 붙잡았다. 돌아보는 내게 해준이 물었다.

"여기다 버리면 되지?"

고개를 끄덕이자, 해준은 주머니에서 여자애의 스마트 밴드를 꺼내 난간 너머로 던졌다. 밴드는 아주 작은 파문만 남기고는 검은 물속으로 가라앉았다. 나도 가방에서 엄마의 편지를 꺼내 잘게 찢은 후 강에 뿌렸다. 내가 가짜 최시은이라는 증거가 천천히 사라졌다.

하지만 이게 끝이 아니라는 걸 어렴풋이 알 수 있었다. 이 세계에서 살아남으려면 또 어떤 장애물을 넘어야 할까. 황량한 바람이 부는 벼랑 끝에 혼자 서 있는 느낌이었다. 몸과 마음이 견딜 수 없이 시렸다.

그때였다. 해준이 다가와 얼음장 같은 내 손을 감싸 쥐고는 나를 마주 보았다.

"이제 이 다리를 내려가면 모든 걸 잊는 거야. 시은이 너는 똑똑하고 당찬 영재 학교 학생이고, 가족에게 사랑받는 딸이야. 그리고 나한테는 가장 소중한 친구고. 누가 뭐래도 그건 절대 바뀌지 않아. 알지?"

콧날이 시큰해졌다. 하지만 해준의 말은 틀렸다. 나는 똑똑하지도 않고, 사랑받는 딸은 더더욱 아니다. 그래도 해준에게는 끝까지 소중한 친구로 남고 싶었다. 그렇게 생각한 순간, 머릿속에서 목소리가 울렸다.

"너는 내 소중한 친구야!"

왠지 익숙한 목소리였다.

'이건…… 펀칭 센터에서 들었던 목소리야. 주먹을 끝까지 보라고 말해 준 덕분에 해준에게 한 방 먹일 수 있었는데. 누구지? 누

구 목소리야?'

목소리의 주인을 찾아 정신없이 고개를 두리번거리던 나는 어느새 내가 과거의 한 순간에 서 있다는 것을 깨달았다.

나는 홀로 한강 다리 위에 있었다. 밤하늘에 뜬 달 하나가 차갑고 노란빛을 내뿜었다. 반짝이는 달그림자를 한참 들여다보다가, 마침내 발끝을 세웠다.

무게 중심이 앞으로 쏠리는 찰나, 누군가가 내 팔을 붙들었다. 그리고 스스로를 해치지 말라고, 차라리 함께 도망가자고 애원했다. 소중한 친구를 잃고 싶지 않다는 이 아이의 울음소리가 나를 살아 있게 한 걸까? 그런데 왜 얘는 얼굴만 흐릿할까? 이 애가 누군지 알고 싶어서 미칠 것 같았다.

"시은아! 이제 내려가자."

해준이 잡고 있던 내 손을 흔드는 걸 느끼고서야 다시 현실로 돌아올 수 있었다. 찬바람에 코가 빨개진 해준의 얼굴이 눈에 들어왔다. 예전 세계의 친구가 누구인지는 결국 알 수 없었지만, 지금 내겐 해준이 있다. 그것만으로도 이 세계에서 버틸 이유가 충분했다. 해준은 내 손을 꼭 쥔 채 계단을 내려갔다. 온몸으로 따뜻한 온기가 퍼져 나갔다.

'해준아, 고마워. 무슨 일이 일어나도 절대 네 손을 놓지 않을 거야.'

그런 내 마음이 전해졌는지, 해준도 맞잡은 손을 놓지 않았다.

우리 집으로 가는 자율 주행 택시 안에서도 나와 해준은 손깍지를 풀지 않았다.

우리는 집 앞에 와서야 아쉬운 듯 서로의 손을 놓았다. 땀으로 손바닥이 젖은 걸 보고 둘 다 큭큭 웃음이 터졌다. 내 정체를 알게 된 후 소리 내어 웃어 본 건 처음이었다.

"나 시합 준비로 당분간 학교 못 나가는데, 너 펀칭 센터는 완전히 그만둘 거야?"

해준의 물음에 나는 미안한 듯 고개를 주억거렸다.

"아쉽지만 어쩔 수 없지. 그래도 연락은 받을 거지?"

"그럼. 24시간 언제든지."

스마트 밴드를 찬 손목을 흔들며 대답하자 해준도 웃으며 똑같이 손목을 흔들었다. 가슴 어딘가가 자꾸 간질간질했다.

해준과 헤어져 현관에 들어서다가 그대로 얼어붙고 말았다. 거실 소파에 아빠가 팔짱을 낀 채 앉아 있었다. 잔뜩 찌푸린 미간과 꽉 다문 입술이 단단히 화가 났음을 알려 주었다. 나는 고개를 푹 숙인 채 아빠 옆으로 가서 섰다. 아빠는 나를 쳐다보지도 않고 착 가라앉은 목소리로 물었다.

"어디 갔다 오니? 학교에서는 네가 아파서 조퇴했다던데."

"그, 그게……."

해준 앞에서는 거짓말이 술술 나왔는데, 지금은 입조차 잘 떨어지지 않았다. 무거운 침묵 속에서 화를 참는 아빠의 거친 숨소리만 들려왔다. 다리가 후들거려 주저앉고 싶었지만 간신히 버티고 서 있었다.

잠시 후, 아빠가 긴 한숨을 내쉬었다.

"시은아, 많이 힘드니? 아니, 당연히 힘들겠지. 학교에 과외에 미술 아카데미까지 다니느라 밤에 잠도 제대로 못 잤을 테고 말이야. 오늘은 잠깐 바람 쐬러 간 거라고 이해할게. 그래도 걱정이 돼서 묻는 거야. 어디 갔다 온 거니?"

뜻밖의 너무나 다정한 말에 어리둥절해졌다. 내가 그동안 아빠를 오해했던 건 아닐까 하는 생각이 들 정도였다.

그래, 아빠는 사랑하는 딸을 잊지 못해서 위험을 무릅쓰고 평행 우주에서 나를 데려왔다. 아픈 나를 밤새 간호해 주고, 영양가 있는 음식을 직접 만들어 주었다. 좋은 학교와 학원에 보내 주었고, 내가 원하는 건 뭐든 다 사 주었다. 이렇게 다정한 아빠가 나를 그렇게 쉽게 버릴 리가 없다. 오빠가 뭔가 잘못 알았을지도 모른다.

용기가 난 나는 애교 많은 딸로 돌아간 듯 아빠의 팔짱을 끼며 말했다.

"아빠, 미안해요. 나도 답답해서 그랬어. 아빠한테 칭찬받고 싶은데, 공부도 미술도 생각만큼 실력이 잘 안 올라서 속상하더라고요. 그래서 시립 미술관에 다녀왔어. 자연의 생명력을 한국적인 색채로 표현한 그림들을 봤는데, 그제야 내가 어떤 그림을 그리고 싶은지 깨달았다니까요. 앞으로는 정말 열심히……."

미술 아카데미에서 스치면서 본 전시 소개 영상을 직접 본 것처럼 장황하게 말하다가 얼른 입을 다물었다. 아빠가 갑자기 주먹으로 탁자를 쾅 내려쳤기 때문이었다.

"그만! 내가 바보인 줄 알아? 그래서 미술관에 남자애랑 갔니? 자율 주행 택시를 타고?"

집 앞에서 해준과 손잡고 자율 주행 택시에서 내리는 모습을 문 앞에 설치된 하우스 키퍼 시스템으로 지켜본 듯했다. 평소에는 일부러 언덕 아래에서 내려 걸어 올라왔지만, 오늘은 너무 많은 일이 있었던 터라 깜박하고 말았다. 남자 친구가 아니라고 변명해 봤자 믿지 않을 것 같았다. 아빠가 일어나 뻣뻣해진 내 어깨를 꽉 붙잡았다.

"네 오빠처럼 일등을 하라는 것도 아니고, 학교만 무사히 졸업하라는 게 그렇게 어려워? 어쭙잖은 지금 네 실력으로는 죽을 둥 살 둥 노력해도 모자랄 판에 남자애랑 놀러나 다니고. 그것도 절대로 안 된다고 했던 자율 주행 택시까지 타고 다니면서 말이야! 내 말이 우습니? 잘해 주니까 거짓말해도 된다고 생각했어? 최시은, 대답 좀 해 봐!"

잘못했다고 빌어야 한다는 걸 알면서도 입이 떨어지지 않았다. 완전히 굳어 버린 나는 철창에 갇힌 새처럼 덜덜 떨기만 했다. 내 침묵이 아빠의 화를 더 돋운 걸까? 아빠는 시뻘게진 얼굴로 고함을 치기 시작했다.

"공감과 배려 좋아하시네. 네 엄마 말을 들은 게 잘못이다. 너는 그냥 내가 시킨 대로만 하면 돼. 내가 정한 원칙과 규칙을 어기지 말란 말이야!"

소리를 지를 때마다 아빠의 관자놀이 힘줄이 꿈틀거렸다. 화를 참는 듯 부들부들 떨리는 어깨와 꽉 쥔 주먹, 신경질적으로 쓸어 올리는 머리……. 어느새 아빠는 올백으로 넘긴 머리와 차가운 금테 안경을 쓴 예전 세계의 아빠로 변해 있었다.

"최시은! 너 그것밖에 못 해? 정말 실망이다. 아빠를 실망시킨 나쁜 아이는 벌을 받아야겠지!"

공포로 얼어붙은 머릿속에 아빠의 고함이 울렸다. 커다란 손을 치켜든 아빠가 다가왔다. 나는 끔찍한 과거 속의 작은 아이로 돌아간 듯 울먹였다.

"잘못했어요. 용서해 주세요, 제발!"

나도 모르게 무릎을 꿇은 채 싹싹 빌었다. 흐느낌은 멈추지 않았고, 얼굴은 눈물범벅이 되었다.

아빠가 돌연 말을 멈췄다. 내 행동이 평행 우주 저편에서 보던 모습이라는 걸 깨달은 듯했다. 아빠는 흘러내린 곱슬머리를 손으로 쓸어 올리더니 어색한 미소를 지었다.

"우리 시은이 많이 놀랐니? 네가 거짓말을 하니까 순간 너무 화가 나서……."

아빠는 눈물만 흘리며 아무 말도 못 하는 나를 일으켰다. 그리고 마치 딴사람이 된 것처럼 내 어깨를 부드럽게 토닥였다.

"시은아, 지금이 얼마나 중요한 시기인지 알고 있지? 일주일 후면 미술 아카데미 첫 평가고, 두 달 뒤엔 SBM 테스트야. 네 인생이 이 시험에 달려 있잖아. 아빠는 네가 어디에 내놔도 자랑스러운 아이가 됐으면 좋겠어. 그래야 우리 모두가 행복하지 않겠니?"

목소리는 다정했지만, 결국 아빠가 원하는 것만 말했다. 하지만 겁에 질린 나는 재빨리 고개를 끄덕였다. 아빠는 "더는 나를 실망시키지 않았으면 좋겠다"라는 말을 남기고 안방으로 들어갔다.

잠시나마 아빠가 나를 사랑한다고 착각한 내가 바보 같았다. 친아빠도 사랑하지 않았는데 지금 아빠가 나를 사랑할 리가 없다. 이 세계에 계속 남아 있으려면 아빠가 원하는 딸이 돼야 한다. 무슨 짓을 해서라도, 반드시.

굳게 닫힌 안방 문을 바라보며 아랫입술을 잘근잘근 씹었다. 비릿한 피 맛이 입안에 번졌다.

뻔히 보이는
덫인데도

미술 아카데미 평가가 이틀 앞으로 다가왔다. 하지만 노력하면 할수록 그림은 내게 맞지 않는다는 걸 깨닫기만 했다. 그럴 때마다 미치도록 펀칭이 하고 싶었다. 심장이 터질 듯 뛰고 싶었다. 매서운 숨소리와 쏟아지는 땀, 상대방의 움직임을 읽고 반응하는 찰나의 긴장감, 그러다 제대로 맞았을 때의 쾌감까지 그 모든 순간이 그리웠다. 내가 살아 있구나, 정말 원하는 걸 하고 있구나 느꼈던 유일한 시간으로 돌아가고 싶었다.

그러나 지금은 아빠의 마음을 돌리기 위해 평가에 집중해야 한다. 홀로그램 모델 데생은 간신히 평균을 넘겼지만, 주제 표현 스케치는 여전히 헤매고 있었다.

평가 일주일 전 발표된 주제는 '재난'이었다. 태풍, 지진, 홍수 같은 자연재해, 화재나 건물 붕괴 같은 인위적 재해 등 온갖 재난을 그려 봤지만 압도할 만한 이미지는 나오지 않았다. AI 선생님은 오늘도 가차 없이 낙제점을 줬다.

"아, 진짜! 아무리 노력해도 안 되는 걸 어떡해. 재능도 살 수 있으면 좋겠다. 그러면 내가 가진 걸 전부 팔아서라도 어떻게든 구할 텐데."

답답함에 말도 안 되는 푸념을 내뱉으며 데생실을 나왔다.

어두워진 거리는 이미 한산했다. 간혹 종종걸음을 치며 귀가를 서두르는 사람들이 보일 뿐이었다. 하지만 집에 가고 싶지 않아서 무작정 걸었다. 발길 닿는 대로 가다 보니 아카데미에서 세 블록이나 떨어진 곳까지 와 버렸다.

문득 매콤한 라면 냄새가 콧속으로 밀려들었다. 오른쪽에 작은 편의점이 보였다. 갑자기 허기가 졌다. 인스턴트라면 질색하는 아빠 때문에 한참 못 먹은 컵라면이 무척 당겼다. 나는 편의점 안으로 들어갔다.

"어서 오세요."

카운터에 앉아 있던 직원이 고개도 들지 않고 건성으로 인사를 했다. 아무렇게나 질끈 묶은 머리와 낡은 검은색 후드 티를 입은 애. 민영이었다. 그림을 그리고 있었는지 계산대에는 드로잉 패드가 올려져 있었다. 뭘 그렸나 슬쩍 본 순간, 전율이 정수리부터 온

몸을 타고 찌르르 흘렀다.

'아, 이게 진짜 재난이구나……'

민영의 그림에는 검푸른 바다가 성난 것처럼 울부짖고 있었다. 뒤집힌 배는 이미 부서져 생존자가 없어 보였다. 모든 것을 집어삼킬 것 같은 폭풍우가 해변으로 달려들었다. 제 키를 훨씬 넘는 파도를 피해 한 아이가 도망가고 있었다. 하지만 맞은편에는 밤보다 더 검은 바람이 휘몰아쳤다. 피할 곳 없는 아이의 절망감이 그림을 뚫고 내게 그대로 전달됐다.

어느새 나는 폭풍우에 쫓기고 시커먼 바람에 가로막힌 그림 속 아이가 됐다. 폭풍우는 나를 몰아세우는 아빠였고, 검은 바람은 압박하는 학교였다. 그림을 보고 있자니 울고 싶어졌다.

폭풍우라는 자연재해와 개인의 심리적 재난이 그림에 고스란히 표현돼 있었다. 보급형 저가 드로잉 패드로 저렇게 섬세하게 그리기 쉽지 않았을 텐데 정말 대단했다.

'저 그림, 너무 갖고 싶다.'

더는 참지 못하고 민영의 낡은 드로잉 패드로 손을 뻗었다. 깜짝 놀란 민영이 몸을 움츠리며 패드를 아래로 숨겼다. 그러고는 나를 경계하며 물었다.

"아, 뭐예요? 손님, 뭐가 필요하냐고요."

두근대는 가슴을 가까스로 가라앉힌 나는 패드를 가리키며 말했다.

"너 탑아트 아카데미 다니지? 그건 이번 평가 주제고."

"……너도 거기 다녀? 못 보던 얼굴인데. 아, 최근에 들어왔다던 그 낙하산이야?"

민영은 듣는 사람의 감정은 상관없다는 듯 '낙하산'이라는 단어를 툭 내뱉었다. 생각보다 맹랑한 아이였다.

"아, 짜증 나. 거기 애들은 안 오는 곳이라 일부러 여기서 알바하는 건데."

혼잣말처럼 중얼거리던 민영이 두 손으로 앞치마를 탁탁 펴더니 날 바라보았다.

"그래서 뭐? 필요한 거 있으면 빨리 사고 가."

민영의 물음에 나도 모르게 아까 했던 푸념이 떠올랐다.

'재능도 살 수 있으면 좋겠다. 그러면 내가 가진 걸 전부 팔아서라도 어떻게든 구할 텐데.'

그러니까 내가 사고 싶은 것은 민영의 재능, 민영의 그림이었다. 처음에는 헛소리라고만 생각했는데, 피곤과 가난에 찌든 민영의 낯빛을 보자 안 될 것도 없겠다는 생각이 들었다. 나는 가방에서 최신형 드로잉 태블릿을 꺼냈다. 아빠가 아카데미에 들어간 기념으로 사 준 거였다.

"내가 사고 싶은 건 네 패드야. 값은 이걸로 하면 어때?"

민영이 무슨 헛소리냐는 듯 미간을 찌푸렸다.

"어디서 개수작이야! 그 태블릿이면 이런 보급형 패드 백 개는 살 수 있을 텐데."

"그 낡은 패드를 사겠다는 게 아니야. 거기 담긴 그림을 사겠다는 거지."

"뭐? 내 그림을?"

뜻밖의 제안에 민영의 눈이 가늘어졌다. 진짜인지 가늠해 보는 듯했다. 마음이 급해진 나는 반쯤 애원하듯 말했다.

"너는 다음 달에 아카데미 그만둔다며? 그러니까 이번 평가에 목맬 필요 없잖아. 나는 이번이 첫 평가야. 절대로 퇴소당하면 안 된단 말이야."

민영은 그 말만으로도 내 처지를 충분히 파악했는지, 곧 내 쪽으로 상체를 바짝 내밀며 나지막이 말했다.

"그러면 당연히 끝까지 비밀을 지켜야겠네. 이 그림은 내가 그린 게 아니라고 말이야."

불길한 느낌이 들었지만, 지금 와서 물러날 수는 없었다. 고개를 끄덕이자 몸을 똑바로 세운 민영이 여유 있게 팔짱을 꼈다.

"그럼 이 태블릿만으로는 안 되겠는데. 이건 그림 값이고, 비밀 지켜 주는 값은 따로 줘야지. 뭐가 좋을까? 그래, 다음 달 아카데미 재료비 어때?"

심장이 쿵 내려앉았다. 실력 없는 낙하산이니 살아남기 위해서는 무슨 짓이든 할 거라고 생각하는 걸까? 나는 떨리는 목소리로 물었다.

"너 그만두는 거 아니었어? 재료비는 왜?"

"계속 다니고 싶으니까. 아카데미에서 장학금을 받고 있지만 재료비랑 교통비, 밥값까지 주지는 않거든. 우리 부모님이 이제는 그 돈 못 준다는 거고. 이따위 쥐꼬리만 한 알바비로는 턱도 없고."

그렇게 말한 민영은 잘 생각해 보라는 듯 어깨를 으쓱했다. 지금이라도 당장 발을 빼고 나가야 한다고 머릿속에서 경고음이 계속 울렸다. 하지만 평가를 통과할 다른 방법이 생각나지 않았다. 나는 그저 민영의 그림을 홀린 듯이 바라보기만 했다.

"좋아. 하지만 딱 한 번만이야. 다음은 없어."

내가 딱딱한 얼굴로 말하자 민영이 드로잉 패드를 내밀었다.

"당연하지. 자, 여기. 이제 거래 완료다."

품에 최신형 드로잉 태블릿을 안은 민영의 입술이 만족감으로 벌어졌다. 나는 패드를 가방에 넣고는 편의점 문을 밀었다. 등 뒤로 민영의 밝은 목소리가 따라붙었다.

"야, 이거 완전 죽인다. 고마워. 우리 내일 보자."

등줄기가 오싹했다. 뻔히 보이는 덫에 스스로 걸어 들어간 느낌이었다. 절대 빠져나올 수 없으리라는 불안감이 스멀스멀 피어올랐다. 하지만 모른 척하기로 했다. 진짜 나를 버리고 이 세계의 최시은이 되겠다고 결심한 순간부터, 불안과 평생 함께할 각오를 했으니까.

민영의 인사를 무시하고 편의점을 나왔다. 초겨울의 차가운 바람이 온몸을 휘감았다. 나는 폭풍우에 쫓기는 그림 속 아이처럼 어깨를 잔뜩 움츠렸다.

"시은아, 네가 해낼 줄 알았다! 아빠는 지금 너무 기뻐."

미술 아카데미에서 연락을 받은 아빠가 나를 와락 끌어안았다. 얼떨떨한 것도 잠시, 정신이 아뜩해졌다.

그저 무사히 평가를 통과하기만을 바라며 민영의 그림 파일을 카피해서 제출했다. 그런데 전체 일등을 해 버렸다. 원래 그림에 딱 하나만 추가했는데, 내가 새로 그려 넣은 것이 점수에 플러스가 됐을지 마이너스가 됐을지는 알 수 없었다.

내 재능이 되살아났다며 좋아하던 아빠의 얼굴이 돌연 굳어졌다. 아카데미에서 보낸 그림 파일을 보고 난 직후였다. 아빠는 내가 그려 넣은 보름달을 노려보고 있었다. 먹구름이 잔뜩 낀 하늘에서 불길할 정도로 밝게 빛나는 보름달이 거슬린 걸까. 아니면 산산이 부서진 채 바다에 떨어진 또 다른 달이 언짢은 걸까.

"너 혹시 요즘도 머리가 아프니? 약은 잘 먹고 있는 거야?"

여전히 의심이 걷히지 않은 목소리로 아빠가 물었다.

"그럼요. 이번 약은 효과가 진짜 좋던데요. 요즘은 머리가 하나도 안 아파."

치켜 올라갔던 아빠의 눈초리가 살짝 가라앉았다. 때마침 아빠가 찬 스마트 밴드에서 알람이 울렸다. 메시지를 확인하던 아빠의 얼굴이 확 밝아졌다.

"아니, 이게 웬일이니? 이따 저녁에 엄마가 집에 온대. 네가 깨어나고 달 기지로 돌아갔으니까 6개월 만인가?"

아빠는 전자 달력을 보며 날짜를 헤아렸다. 나도 기쁘다는 듯 활짝 웃었다.

"와! 그러게요, 엄마 너무 보고 싶다."

말은 그렇게 했지만 눈앞이 아찔했다. 아빠는 모르겠지만 엄마는 3개월 전에 추모 공원에 들러서 죽은 딸에게 편지를 남겼다. 가짜 자식들이 싫어서 집에 들르지도 않던 엄마가 하필 오늘 휴가를 나왔다는 것이 이상했다. 설마 내가 추모 공원에서 한 짓을 알게 된 걸까?

"안 되겠다. 아빠는 마트에 좀 다녀올게. 엄마가 오랜만에 오는데 맛있는 집밥을 해 줘야지."

내 마음을 알 리 없는 아빠는 한껏 들뜬 표정으로 외출했다.

혼자 남겨진 나는 습관적으로 책상에 앉았다. 이런 순간에도 내가 할 수 있는 건 공부밖에 없었다. 미술은 가까스로 위기를 넘겼지만 한 달 앞으로 다가온 SBM 테스트는 여전히 내 발목을 잡고 있었다.

공간 지각 능력을 최우선으로 하는 지금의 교육 제도에서 모든 아이는 열일곱 살이 되면 2차 뇌 측정 테스트(Secondary Brain

Measurement Test), 소위 SBM 테스트를 치러야 한다. 1차 뇌 검사가 상하위 10퍼센트를 가려내는 거라면, SBM 테스트는 결과에 따라 미래가 결정된다. 어떤 등급을 받느냐로 선택할 수 있는 직업군이 달라지기 때문이다.

가장 인기 있는 우주 개발 전공에는 최상위 1퍼센트만 지원할 수 있다. 오빠의 경우가 여기에 속한다. 오빠는 운 좋게도 열여덟 살에 평행 우주를 건너왔기에 SBM 테스트를 치르지 않아도 됐다. 물론 지금 성적을 보면 테스트를 쳤더라도 최고 점수를 받았겠지만 말이다.

내 목표는 상위 5퍼센트에 드는 거다. 영재 학교에서 퇴출되지 않는 커트라인이자 아빠가 원하는 아트 디렉터가 되기 위한 점수다. 하지만 간절함과 달리 도통 점수가 오르지 않았다. 원래 세계에서는 나도 성적이 꽤 상위권이었다. 하지만 공간 지각 능력을 최우선시하는 이쪽 세계의 수학, 과학은 차원이 달랐다. 아무리 노력해도 타고난 머리의 한계를 극복할 수 없으리라는 절망감이 밀려들었다.

"하아, 진짜 어떻게 해야 할지 모르겠네. 아카데미 평가처럼 대타를 구할 수도 없고."

그렇게 중얼거리다 심장이 덜컥 내려앉았다. 기다렸다는 듯 민영에게 메시지가 온 것이다.

[너, 내 그림으로 일등 했더라. 나는 이번에 순위 안에 못 들어서 장학금을 놓쳤어. 어쩔 거야?]

원치 않는 일등을 했을 때 느꼈던 아뜩함의 정체가 뭔지 이제야 알 수 있었다. 나는 두려움을 가득 안고 답장을 보냈다.

[뭘 원하는 건데?]
[당연히 수업료지. 너한테 그림을 주지 않았으면 무조건 내가 일등이었을 테니까.]

눈앞이 캄캄했다. 모아 둔 비상금이 모자라 값비싼 전자 기기와 옷까지 팔아서 돈을 마련해 민영에게 보냈다. 그런데 수업료를 대신 내라니, 이건 정말 불가능했다.

[왜 대답이 없어? 원장 만나서 사실대로 다 말할까? 어차피 나는 수업료가 없어서 다니지도 못할 테니 징계받아도 상관없거든.]

나는 황급히 대답했다.

[조금만 기다려 줘. 그 큰돈을 마련하려면 나도 시간이 필요해.]
[딱 하루야. 더는 못 기다려.]

겨우 하루를 벌었지만 막막했다. 오빠에게 부탁해 볼까 고민하다가 이내 고개를 흔들었다. 돈이 필요한 이유를 말하려면 내가 저지른 일을 고백해야 한다. 실력으로 아빠의 인정을 받은 오빠에게 부끄러웠고, 무엇보다 더는 걱정을 끼치고 싶지 않았다.

이런 저런 방법을 떠올리던 중, 머릿속에 기억 하나가 벼락처럼 떠올랐다.

'아빠 서재에 금고가 있었어!'

언젠가 아빠에게 급히 할 말이 있어서 서재 문을 벌컥 연 적이 있다. 그때 아빠는 얼른 책상 아래에서 몸을 일으키고는 왜 노크도 안 하냐며 화를 냈다. 책상 쪽을 슬쩍 보니 밑에 소형 금고가 놓여 있었다. 금고를 둘 정도로 귀중한 물건이 우리 집에 있나 싶어 의아했던 기억이 난다.

얼른 시간을 확인했다. 아빠가 오기 전에 금고를 열어 보려면 서둘러야 한다. 나는 집에 아무도 없는데도 숨을 죽인 채 서재에 살금살금 들어갔다.

금고는 여전히 책상 아래에 있었다. 지문이나 홍채 같은 생체 인식이 아니라 번호를 입력해야 하는 구식 금고였다. 아빠의 아날로그에 대한 고집이 이럴 때는 반갑다.

금고 모델을 검색해 보니 비밀번호는 네 자리였다. 아빠는 과거에 집착하니 자신에게 의미가 있는 날짜를 비밀번호로 사용했을 것이다. 나는 아빠의 생일부터 부모님의 결혼기념일, 오빠와 나의 생일에 우리가 평행 우주를 건너온 날까지 생각나는 숫자들을 다 입력해 보았다. 하지만 전부 틀렸다.

포기하려던 그때, 불현듯 다른 날짜 하나가 떠올랐다.

"설마, 그건 아니겠지?"

떨리는 손으로 네 자리 숫자를 입력했다. 그러자마자 띠리리, 경쾌한 전자음이 울리며 금고 문이 열렸다. 기뻐야 하는데 오히려 목이 꽉 조여 오는 것 같았다. 숫자는 아빠의 진짜 아들과 딸이 세상을 뜬 날짜였다. 나와 오빠가 아무리 노력해도 아빠에게는 반쪽짜리 자식밖에 안 되겠구나 하는 생각이 밀려들었다.

"반쪽짜리면 어때. 어쨌든 지금 아빠 옆에 있는 건 죽은 최시은이 아니라 나잖아."

그렇게 중얼거린 후 어금니를 꽉 깨물고 금고를 뒤졌다. 엔티 그룹에서 받았을 것이 분명한 크레디트 코인 카드가 있었다. 계좌 추적을 피하기 위해 코인으로 보상금을 받은 듯했다. 코인 카드에 스마트 밴드를 대 보자 잔액이 표시됐다. 어마어마한 금액이었다. 이게 프리랜서로 건축 설계를 가끔 하는 아빠가 돈 걱정 없이 사는 이유였다. 나는 아빠가 잔액 끝자리까지 기억하고 있지 않기를 바라며 아카데미 수강료를 민영에게 보냈다.

민영은 기분이 좋아졌는지 하트 홀로티콘을 마구 보냈다. 핑크색 홀로그램 하트가 서재 가득 뿅뿅 솟아올랐다가 사라졌다. 급한 불은 껐는데도 오히려 눈물이 차올랐다.

"이걸로 됐어. 어쨌든 아카데미 평가도 잘 넘겼고, 이제 SBM 테스트만 잘 치면 돼. 그러니까 그때까지만 정신 똑바로 차리자."

스스로를 다독이며 울음을 삼켰다. 아빠가 돌아오기 전에 서재에서 나가려고 금고 문을 서둘러 닫으려던 그때, 낯익은 물건이 눈에 띄었다. 불길한 검은색으로 빛나는 디지털 메모리 명함이었다. 나는 나도 모르게 명함으로 손을 뻗었다.

뻔뻔하고
이기적이게

아래층에서 현관문 열리는 소리가 들렸다.

'아빠가 벌써 돌아온 건가?'

홀로그램 화면을 노려보다가 정신이 번쩍 들었다. 재빨리 명함을 제자리에 넣고는 금고를 닫았다. 황급히 서재 문을 열고 나오는 순간, 누군가가 쿵쿵거리며 계단을 올라오는 소리가 들렸다. 2층에 모습을 드러낸 건, 놀랍게도 엄마였다. 나와 눈이 마주친 엄마의 얼굴이 차갑게 굳었다.

"어, 엄마? 저녁에 온다고 들었는데 빨리 왔네요."

당황한 목소리를 감추기 위해 한껏 톤을 높였다. 나만큼이나 놀란 것 같은 엄마가 어색한 미소를 지으며 대답했다.

"으응, 일이 생각보다 빨리 끝나서. 그런데 아빠는 어디 가셨어? 1층엔 없던데."

엄마는 6개월 만에 집에 왔으면서 빈말이라도 보고 싶었다거나 어떻게 지냈냐는 안부도 묻지 않았다. 이유를 알면서도 서운한 마음이 드는 건 어쩔 수 없었다.

"아빠는 엄마 좋아하는 요리 한다고 재료 사러 갔어요."

내 대답에 엄마는 가볍게 코웃음을 쳤다.

"자기가 언제부터 요리를 했다고. 그런다고 행복한 우리 집이 될 것 같나 보지."

혼잣말처럼 중얼거리면서도 엄마는 내내 나를 쳐다보지 않았다. 내 얼굴을 보는 것이 여전히 힘든 듯했다.

"나는 내려가서 좀 쉴게. 급하게 왔더니 피곤하네."

"네, 아빠도 곧 오실 거예요."

등을 돌려 계단을 내려가던 엄마가 돌연 걸음을 멈췄다. 그리고 나를 돌아보며 물었다.

"그런데 너는 왜 아빠 서재에서 나오는 거니?"

빠르게 내 방으로 가려던 나는 그 자리에 얼어붙었다. 엄마가 서재에서 날 봤다고 아빠에게 말하면 어쩌지? 금고에서 돈이 없어진 걸 아빠가 알게 된다면 완벽한 딸이 되려는 지금까지의 노력이 모두 물거품이 되고 말 것이다.

긴장으로 손바닥에 땀이 흥건해졌다. 바지에 손을 문지르다가,

주머니에 전자 펜이 들어 있다는 걸 깨달았다. 곧바로 그걸 꺼내서 들어 보였다.

"전자 펜이 고장 나서 아빠한테 다른 게 있나 찾아봤어요. 이거 세트로 샀다는 말이 생각나서. 결국 못 찾았지만."

순간적으로 생각한 변명에 엄마는 그렇구나, 하고 대수롭지 않게 고개를 끄덕였다. 등을 돌려 계단을 내려가는 엄마의 뒷모습에 쓴웃음이 올라왔다. 이제는 거짓말을 숨 쉬듯이 술술 하는 나 자신이 무서웠다.

방으로 돌아오자마자 침대에 털썩 주저앉았다. 엄마가 오기 직전까지 서재에서 봤던 홀로그램 화면이 다시 떠올랐다. 그것이 의미하는 것은 분명했다. 아빠가, 정말 나를 버릴지도 모른다.

금고에 있던 디지털 메모리 명함은 추모 공원에서 주운 명함과 똑같았다. '사랑하는 사람을 잃었나요? 다시 찾을 방법이 있습니다'라는 홀로그램 문구 아래에 금색으로 된 막대형 코드가 있다는 것만 달랐다. 이 막대가 평행 우주 점프를 할 수 있는 특별 코드일지도 모른다는 생각이 들었다.

스마트 밴드를 코드에 조심스럽게 갖다 대자 홀로그램 문구는 가상 스크린으로 바뀌었다. 곧이어 친절한 인공 지능의 목소리가 흘러나왔다.

"VIP 고객 최석우 님, 반갑습니다. 열네 시간 만에 다시 방문하

셨군요. 무엇을 도와드릴까요?"

스크린을 터치해 아빠의 회원 정보를 살펴보았다. 이용 목록에 최시후와 최시은의 이름이 있었다. 꼭 상품 목록 같아서 기분이 씁쓸했다.

"어? 이 숫자는 뭐지?"

똑같이 평행 우주를 건너왔는데 오빠의 이름 옆에는 '2', 내 이름 옆에는 '1'이라는 숫자가 쓰여 있었다. 설명을 찾아 화면을 이리저리 살피던 나는 오른쪽 상단에 있는 최근 검색창을 발견했다. 그걸 터치한 순간, 충격으로 비틀거리고 말았다.

나와 똑같이 생긴, 다른 우주에 있는 '최시은'의 모습이 실시간으로 흘러나오고 있었다. 남루한 행색과 창백한 얼굴 뒤로 하늘이 보였다. 달이 세 개인, 밤이 낮처럼 환한 세계였다. 불과 열네 시간 전에 아빠는 나를 대신할 딸을 찾고 있었던 거다.

오빠에게 처음 경고를 들었을 때만 해도 아빠의 마음을 충분히 바꿔놓을 수 있을 거라 생각했다. 하지만 내가 사소한 실수를 할 때마다 아빠는 달이 세 개인 평행 우주의 '최시은'을 떠올릴 것이다. 아카데미 평가에서 일등을 하지 않았다면 진작 이 자리에 없었을지도 모른다. 온몸에 소름이 끼쳤다.

그때 아래층에서 현관문 열리는 소리가 들렸고, 나는 서둘러 서재를 빠져나왔던 것이다.

공부를 하려고 책상 앞에 앉았지만 자꾸 아까 본 '최시은'이 떠올랐다. 한눈에 봐도 가난과 피곤에 찌든 모습이었다.

고개를 돌려 내 방을 둘러보았다. 햇살이 부드럽게 스며드는 방 안은 따뜻하고 환했다. 아이보리색으로 톤을 맞춘 인테리어와 인체공학적으로 설계된 가구가 조화로웠다. 나를 사랑하지는 않지만 건축 설계사인 아빠와 달 기지 연구원인 엄마는 내게 최고의 배경이 돼 줄 것이다. 거기에 똑똑하고 다정한 오빠와 나를 설레게 하는 해준이 있는 세계다. 내가 누리고 있는 모든 것이 새삼 욕심났다.

'네가 어떤 불행한 삶을 살고 있는지 모르겠지만, 내 자리를 양보할 수는 없어. 나는 이 세계에서 어떻게든 살아남을 거야. 그러기 위해서는 무슨 짓이든 할 거고. 더 뻔뻔하게 거짓말도 할 거야. 나는 나만 생각할 거라고!'

죄의식 따위는 지금의 내겐 사치였다. 나는 이를 악물며 SBM 테스트 공부에 매달렸다. 무조건 성적을 올려야 한다는 절박함이 가슴을 짓눌렀다.

얼마나 시간이 지났을까? 아빠가 저녁 먹으러 내려오라며 방문을 두드렸다.

아빠가 야단법석을 떨며 차린 저녁 밥상은 화려했다. 편한 옷으로 갈아입은 엄마와 학원에서 급히 돌아온 오빠까지 네 식구가 모두 식탁에 둘러앉았다.

기분이 좋아진 아빠는 내내 웃고 떠들었다. 오빠와 나는 적당히 장단을 맞추었지만, 엄마는 못마땅한 듯 내내 인상을 쓰고 있었다.

"이게 진짜 얼마 만이니? 이렇게 가족이 다 모이니까 얼마나 좋아. 당신도 좀 더 자주 휴가 받으면 안 돼? 애들 다 큰 거 같아도 아직 엄마 품이 그리운 나이라고. 특히 시은이는……."

아빠 입에서 내 이름이 나오자 엄마가 더 못 견디겠다는 듯 말을 잘랐다.

"미안한데 나 그만 먹을게. 지구 중력에 아직 적응이 안 됐는지 몸이 너무 무겁네."

그러면서 식탁에서 일어나자 아빠가 당황한 얼굴로 말했다.

"그럴래? 그럼 오늘은 푹 쉬어. 내일은 더 맛있는 거 해 줄게."

엄마는 고개만 까딱하고는 안방으로 들어갔다. 아빠는 입맛이 사라진 듯 깨작거리다 숟가락을 놓았다. 나는 재빨리 아빠에게 말했다.

"식탁은 오빠랑 내가 치울게요. 얼른 엄마한테 가 봐요."

"고맙다, 우리 딸."

멋쩍은 미소를 지으며 아빠가 자리를 떴다. 오빠와 나는 말 없이 함께 식탁을 치웠다. 마지막으로 그릇을 워시 머신에 밀어 넣고는 주방을 나왔다.

오빠는 어색한 공기가 싫어서인지 도서관에 가야겠다며 가방을 챙겼다. 그러더니 나가다 말고 나를 돌아보았다.

"시은이 너 괜찮아?"

"뭐가?"

"억지로 웃는 것 같아서. 엄마가…… 많이 불편하니?"

내가 아무 말도 못 하자 오빠가 안타까운 얼굴로 덧붙였다.

"엄마는 우리를 데려오는 걸 끝까지 반대했어. 그래서 아직 받아들이지 못하는 것뿐이야."

엄마가 '최시은'의 봉안함에 남긴 편지가 떠올랐다. 나는 한 번도 받아 보지 못한 사랑을 죽어서도 받는 그 애가 부러웠다. 그런만큼 엄마가 미웠다. 이전 세계의 엄마도, 지금 세계의 엄마도.

"솔직히 엄마를 어떻게 대해야 할지 모르겠어. 아빠는 우리가 유능하기만 하면 되잖아. 하지만 엄마는 아닌걸. 여전히 납골당에 누워 있는 자식들을 잊지 못하고 있다고. 만약 '아직'이 아니라 영원히 받아들이지 못하면, 우리는 계속 반쪽짜리로 살아야 하잖아."

오빠는 잔뜩 찌푸린 내 미간을 손으로 펴 주었다. 그리고 다정하게 말했다.

"나한테는 반쪽 아닌데."

"뭐?"

"나한테 너는 온전히 하나뿐인 동생이야. 나는 언제나 네 편이라고. 그러니까 힘들면 혼자 끙끙거리지 말고 오빠한테 말해야 한다. 알았지?"

언제나 내 편이라는 말에 얼어붙은 마음이 녹아내렸다. 이 세계에서 의지할 사람이 있다는 게 너무 고마웠다.

오빠는 힘내자며 내 어깨를 두드려 주고는 집을 나섰다. 방으로 가려고 했는데, 억지로 먹은 저녁이 체했는지 속이 영 불편했다. 주방에 있는 비상약 상자에서 소화제를 꺼내 삼켰다. 하지만 여전히 갑갑했다.

"이럴 땐 엄마가 등을 쓸어 주면 좀 나아졌는데."

나도 모르게 내뱉은 말이 기억 속 한 장면을 끌어올렸다.

"움직이지 말라니까! 그렇게 몸을 배배 꼬면 어떻게 해."

등을 쓸어 주는 엄마의 손길이 간지러워서 까르르 웃으며 몸을 비틀었다. 엄마도 웃으며 내 등을 바로 세웠고, 나는 그게 더 간지러워 도망갔다. 열 살 무렵의 기억이었다. 내게도 엄마와 함께여서 행복했던 순간이 있었던 것이다.

'그런 걸 떠올린다고 지금 뭐가 달라지는데? 결국 엄마는 나를 지켜 주지 못했잖아.'

고개를 세차게 흔들어 기억을 떨쳐 냈다. 방으로 돌아가려는데 갑자기 안방에서 엄마의 고함 소리가 터져 나왔다.

"시후, 시은이 봉안함에 둔 영상과 편지가 사라졌다고! 당신이 그랬어? 왜 그거까지 못 하게 하는 거야? 애들 봉안함에는 손대지 않기로 약속했잖아!"

놀란 나는 그 자리에서 움직일 수가 없었다. 내 예상대로 엄마는 추모 공원부터 들렀던 거다. 거기서 내가 없애 버린 영상과 편지 때문에 화가 난 거고. 엄마는 그게 아빠 짓이라고 생각하는 듯했다.

변명하는 듯한 아빠의 웅얼거리는 소리가 새어 나왔다. 아빠가 한 게 아니라는 걸 알면 엄마가 무슨 행동을 할까? 추모 공원 CCTV를 확인해 보고 내가 한 짓임을 알게 될지도 모른다. 겁이 더럭 났다. 불안감을 이기지 못하고 안방 문에 다가가 귀를 댔다. 아빠의 착 가라앉은 목소리가 들렸다.

"빠른 시일 내에 봉안함 자체를 없애야 해. 애들 멀쩡히 살아 있는데 왜 자꾸 거기서 청승을 떠는 거야? 그러고 있으니까 당신도 애들을 못 받아들이는 거 아니야!"

"어떻게 쟤들이 시후랑 시은이라는 거야? 얼굴이 똑같다고 우리 애들을 대신할 수 있다고 생각해? 적어도 나는 그럴 수 없어. 나한테 시후랑 시은이는 하나뿐이야!"

엄마는 거의 울부짖었다.

"아니야! 여보, 내 말 잘 들어 봐. 평행 우주가 왜 평행 우주겠어? 단순히 얼굴만 똑같은 게 아니라니까. 재능도 생각도 비슷해. 시후가 공부 잘하는 거 봐. 시은이도 이번에 미술 아카데미 평가에서 일등 했어. 우리 시은이가 완전히 살아 돌아온 것 같다고. 그러니까……."

"그만, 그만해! 나는 쟤들 볼 때마다 너무 괴로워. 당신 하나 좋자고 원래 세계에서 납치해 온 거나 마찬가지잖아. 가족도 친구도, 그동안의 삶도 모두 뺏어 버린 거란 말이야."

"내가 얘기했잖아, 원래 세계에서 저 애들 삶이 얼마나 비참했는지. 나 아니었으면 시후는 사고로 죽었을 거고, 시은이도 마찬가지였을 거야. 내가 불행했던 애들한테 따뜻한 가족과 빛나는 미래를 만들어 준 거라고."

아빠의 말에 엄마는 어이없다는 듯 웃었다.

"하아, 당신이 보기엔 이게 따뜻한 가족이야? 당신은 자기가 무슨 짓을 저질렀는지 아직도 몰라. 평행 우주를 건너온 시은이가 어떤 선택을 했는지 벌써 잊었어?"

내가 대체 무슨 선택을 했다는 걸까? 나는 평행 우주를 건너온 후 6개월 동안 혼수상태였고, 깨어난 이후로 아빠의 뜻을 거스른 적이 없다. 엄마의 말이 무슨 의미인지는 모르겠지만, 그게 아빠의 분노를 자극한 것 같았다. 내내 냉정하던 아빠가 소리를 버럭 질렀다.

"아니! 잊지 않았어. 내 인생의 유일한 실패를 어떻게 잊겠어? 다시는 그런 일 없게 하려고 지금 내가 얼마나 참고 있는데. 당신이 원하는 대로 다정한 아빠가 되려고 얼마나 노력하는데. 그런데 왜 다들 내 뜻을 몰라주는 거야? 그냥 내가 하자는 대로 하면 되잖아. 그러면 모두가 행복해질 수 있다고!"

아빠의 목소리가 점점 커졌다. 저러다 아빠가 이성을 잃고 날뛰면 어쩌나 무서웠다. 이제 그만했으면 좋겠다고 생각했지만, 엄마는 멈추지 않았다. 잔뜩 흥분한 아빠와 달리 서늘하리만큼 차가운 엄마의 목소리가 들려왔다.

"당신, 당신 아버지와 다르게 살고 싶다고 했지? 아버지 때문에 숨 막혀 죽겠다더니 당신도 똑같아. 다정한 아빠는 흉내 낸다고 되는 게 아니야. 아이들이 진짜 원하는 게 뭔지, 뭘 할 때 행복한지 알고 그걸 지지해 주는 거라고. 하긴, 친자식한테도 못 했는데 지금이라고 바뀌겠어?"

끝으로 더는 여기 있고 싶지 않다고 말한 엄마가 발소리를 내며 문으로 다가왔다. 나는 재빨리 안방 바로 옆에 있는 드레스 룸으로 숨었다. 엄마는 거칠게 현관문을 열고 밖으로 나갔고, 숨 막히는 적막이 찾아왔다. 잠시 후, 벽 너머에서 아빠가 무언가를 던지는 소리가 들렸다.

'아빠가 우리를 데려온 걸 후회하면 어쩌지? 모든 것을 제자리로 돌려놓으려 한다면?'

불안해서 견딜 수가 없었다. 무의식적으로 손톱을 뜯다가 피를 내고 말았다. 그 순간, 어떤 생각이 스쳤다.

'아빠한테서 엄마를 떼어 놓아야 해! 아빠가 더 흔들리지 않도록.'

스스로 떠올려 놓고는 흠칫 놀랐다. 입 밖으로 꺼내지도 않았는데 누가 들을까 황급히 손으로 입을 막았다. 이런 끔찍한 생각을 하는 내가 무서웠다. 하지만 한편으로는 그 방법이 유일한 해답이라는 걸 인정할 수밖에 없었다.

주저하는 마음을 몰아내고 방법을 찾기 시작했다. 두리번거리던 내 눈에 옷을 갈아입으면서 빼 둔 엄마의 스마트 밴드가 보였다. 화면이 켜진 채였다. 비로소 뭘 해야 할지 알 것 같았다. 나는 스마트 밴드를 집어 들어 아빠에게 메시지를 보냈다.

[더 이상 당신과는 안 되겠어. 우리 헤어지자.]

그러고는 벽에 귀를 바짝 댔다. 아빠가 "메시지 확인"이라고 음성 명령을 내렸다. 곧이어 벽을 쿵 내려치는 소리가 들렸다.

"내가 이 가족을 지키려고 얼마나 노력하는지도 모르면서 어떻게 헤어지자는 얘기를 할 수 있어, 어떻게!"

마음이 무거워졌지만 입술을 앙다물었다. 나는 드레스 룸에서 나와 안방 문을 조심스럽게 두드렸다.

"아빠! 무슨 일 있어요? 큰 소리가 나서 나와 봤는데 엄마가 밖에 나가더라고요."

곧 안방 문이 열렸다. 눈동자에 핏발이 선 아빠가 거친 숨을 몰아쉬며 말했다.

"엄마랑 말다툼을 좀 했어. 걱정하지 말고 올라가서 공부나 해."

그렇게 말하는 아빠의 손에 외투가 들려 있었다. 엄마를 잡으려는 것이다. 아빠가 엄마를 만나면 모든 것이 수포로 돌아간다. 마음이 급해진 나는 인상을 쓰며 배를 움켜쥐었다.

"그런데 아빠, 나 저녁 먹은 게 체했는지 배가 너무 아파요."

그러자 아빠는 걱정스러운 얼굴로 약을 찾아보겠다며 주방으로 향했다. 그때 주머니에 넣어 둔 엄마의 스마트 밴드에서 진동이 느껴졌다. 살짝 꺼내 확인해 보니 발신자가 뜨지 않았다. 엄마가 공공 비상 전화로 전화를 건 듯했다. 밴드 전원을 꺼 버리자, 곧 안방 침대 위에 있던 아빠의 스마트 밴드가 반짝거렸다.

아직 약을 찾고 있는 아빠의 모습을 확인하고는 아빠의 밴드를 몰래 내 주머니에 넣었다. 화장실로 들어가서 통화 버튼을 누르자 엄마의 냉랭한 목소리가 들려왔다.

"혹시 내 스마트 밴드 집에 있어? 두고 나온 것 같은데."

"엄마예요?"

내가 아무것도 모르는 척하며 전화를 받자, 당황한 엄마가 말을 더듬었다.

"네, 네가 왜 받아? 아빠는?"

"죄송해요. 아빠가 엄마 전화 받기 싫다고 밴드를 던져 버려서……. 엄마가 걱정할 것 같아서 몰래 받았어요. 여기 엄마 스마트 밴드도 있어요."

엄마는 잠깐의 침묵 후 긴 한숨을 내쉬었다.

"알았어. 내가 가지러 갈게."

"안 돼요! 그, 그게…… 아빠가 엄마 보기 싫다고 소리를 지르셨어요. 흐으윽, 아빠가 너무 화를 내서 엄마가 왔다가 다칠까 봐 걱정돼요. 제가 밴드랑 가방 가지고 나갈 테니까 아빠 화 풀리고 나서 오면 안 돼요?"

거짓말이 입에서 자연스럽게 흘러나왔다. 십 분 뒤 밖에서 엄마와 만나기로 하고 전화를 끊었다. 얼마 지나지 않아 노크 소리가 들렸다.

"시은아, 배가 많이 아파?"

걱정 어린 아빠의 물음에 나는 시간을 벌기 위해 끙끙거리는 신음을 냈다.

"으음, 조금만 더 있다가 나갈게요."

그리고 곧바로 아빠의 스마트 밴드에 엄마에게 보낼 메시지를 입력했다.

[나는 완벽한 가족을 이루려고 노력했어. 그걸 가짜라고 한다면 우린 함께할 수 없어. 앞으로 연락하지 마.]

손이 덜덜 떨렸지만 이를 악물며 끝까지 입력하고, 십 분 뒤에 도착하도록 예약 설정까지 완료했다. 이로써 엄마가 당분간 집에 오는 일은 없을 것이다.

화장실에서 나온 내게 아빠가 소화제와 물을 건넸다. 나는 약과 물을 한입에 털어 넣고는 아빠에게 빈 컵을 다시 내밀었다.

"아빠, 나 물 좀 더 주세요."

아파서 어리광을 부리는 거라고 생각했는지, 아빠는 별소리 없이 물을 가지러 나갔다. 그 사이 아빠의 스마트 밴드를 원래 놓여 있던 안방 침대에 슬쩍 떨어뜨렸다. 물론 내가 보낸 메시지는 삭제한 후였다.

이제 마지막 한마디만 더 하면 된다. 심장이 터질 듯 두근거려 주먹을 꽉 쥐었다. 나는 물컵을 들고 온 아빠에게 당황한 표정을 지어 보였다.

"아빠, 어쩌죠? 엄마가 나한테 메시지를 보냈는데 아빠한테는 말하지 말고 가방을 가져다 달래요. 다시 달 기지로 돌아가겠다고……."

아빠의 시선이 침대 위에 던져 둔 스마트 밴드를 향했다. 엄마가 보낸 메시지 내용을 떠올린 것 같았다. 사실은 내가 보낸 것이지만. 아빠는 화를 억누르는 듯한 낮은 목소리로 말했다.

"……마음대로 하라 그래."

내가 바라던 대답이었다. 나는 드레스 룸에 있던 엄마의 가방을 들고서 짐짓 걱정된다는 얼굴로 아빠에게 말했다.

"엄마가 화가 많이 나서 그럴 거예요. 제가 가서 어떻게든 설득해 볼게요."

아빠는 대답 없이 안방 문을 닫았다.

가방을 가지고 문밖으로 나가자 대문 앞에 엄마가 서 있었다. 급하게 나간 듯 헝클어진 머리에 창백해진 엄마는 양말도 없이 맨발에 슬리퍼만 신고 있었다. 나도 모르게 엄마 발이 시리겠다고 생각했다.

그 순간, 내가 무슨 짓을 하고 있는 건가 싶었다. 나 하나 살자고 자식 잃은 고통으로 괴로워하는 엄마에게 하나뿐인 진짜 가족마저 뺏으려 하다니. 뻔뻔하고 이기적인 내가 괴물 같았다.

'여기서 멈춰! 멈춰야 해!'

내게 남은 마지막 양심의 목소리가 속삭였다. 엄마에게 미안하다고 말하려던 순간, 들고 있던 엄마의 스마트 밴드에 메시지 도착 알림이 울렸다. 당황해서 밴드를 감추려고 했지만, 엄마가 먼저 손을 내밀었다.

"내 밴드 이리 줄래."

밴드를 받은 엄마는 내가 보낸 메시지를 확인했다. 정지 화면처럼 한참이나 움직임이 없던 엄마가 곧 조용히 내 손에 들려 있던 가방을 가져갔다. 내 머릿속에서는 더 늦기 전에 진실을 말하라는 목소리와 빨리 엄마를 보내라는 목소리가 싸우고 있었다.

그런 나를 엄마가 슬픈 눈으로 쳐다보았다. 지금까지 한 거짓말을 다 알고 있는 것 같은 투명한 눈빛이었다. 부끄럽고 미안해 어디론가 숨어 버리고 싶었다. 그런데 엄마의 입에서 뜻밖의 말이 흘러나왔다.

"너는 오래오래 아빠 옆에 있어야 해. 하지만 너무 힘들면 누구에게라도 도움을 청해야 한다. 알았지? 진짜 너를 버리면 안 돼."

엄마가 왜 이런 말을 하는지 알 수 없었다. 멍해진 나를 내버려둔 채, 엄마는 할 말을 다 했다는 듯 뒤도 돌아보지 않고 언덕을 내려갔다.

원하던 대로 엄마를 쫓아냈는데, 조금도 기쁘지 않았다.

진짜 너는
누구니?

최선을 다해도 모자란데, 며칠째 수업에 집중할 수가 없다. 엄마가 마지막으로 남긴 말이 자꾸만 머릿속에서 맴돌았다.

"힘들면 도움을 청해야 한다."

"진짜 너를 버리면 안 돼."

나를 딸로 받아들이지도 못하면서 엄마는 왜 그런 말을 했을까.

더 이상한 건 오빠의 행동이었다. 도서관에서 돌아온 오빠는 엄마가 가 버린 걸 알고 크게 당황했다. 당장 찾으러 간다는 걸 막아섰는데도 내 편을 들지 않고 나갔다. 엄마를 만났는지, 만나서 무슨 말을 했는지 알려 주지도 않았다.

답답하고 혼란스러운 시간 속에서 내게 유일하게 위로가 되어 준 건 해준과 주고받는 메시지였다. 시합 준비로 학교를 나오지는 못했지만 해준은 틈틈이 내게 안부를 물었다. 나 역시 아빠 몰래 답을 보냈다.

해준은 간혹 펀칭 박스 안에서 널브러진 모습이나 멍든 얼굴 사진을 보내 주기도 했다. 땀으로 흠뻑 젖었지만, 그런 해준의 얼굴은 빛이 났다. 그럴 때면 링 위에서 같이 뛰던 시간이 떠올라 가슴이 몽글해졌다가도, 다시는 돌아가지 못하리라는 생각에 허전해지곤 했다. 그래도 이렇게라도 해준과 연결돼 있는 동안은 긴장을 내려놓고 숨을 돌릴 수 있었다. 내게 해준은 숨구멍이었다.

"그런데 오늘은 왜 연락이 없지?"

교문을 나서자마자 스마트 밴드를 확인하면서 중얼거렸다. 많이 바쁜가? 먼저 연락해 볼까?

고민하고 있는데 빠앙, 하는 자동차 경적 소리가 들렸다. 온몸에 소름이 돋았다. 이런 소리를 내는 건 클래식 자동차뿐이다. 고개를 돌려 보니 아니나 다를까, 눈에 익은 아빠의 차가 보였다. 깜짝 놀랐지만 애써 웃으며 그쪽으로 다가갔다. 하지만 운전석에 앉은 아빠는 고개도 돌리지 않고 말했다.

"어서 타라."

목소리가 차갑다 못해 얼음송곳처럼 날카로웠다. 심상치 않은 일이라는 걸 눈치챈 나는 허둥지둥 차에 올랐다.

아빠는 운전하는 내내 아무 말도 하지 않았다. 불안해진 나는 무슨 일이냐고 물어볼 수조차 없었다. 민영과의 거래가 발각된 걸까? 아빠 금고에 손을 댄 걸 알아챘나? 엄마를 쫓아내려고 한 짓이 들킨 걸까? 나쁜 짓을 너무 많이 해서 뭐 때문인지 짐작조차 할 수 없었다.

숨을 죽인 채 고개를 숙이고 있는 동안 차가 멈췄다. 뜻밖에도 경찰서 앞이었다.

"아빠, 경찰서에는 왜요?"

바짝 마른 입술을 떼며 겨우 물었지만 아빠는 대답하지 않았다. 그저 인상을 잔뜩 구긴 채 안으로 들어갔다. 나는 도망가고 싶은 마음을 간신히 억누르고는 종종걸음으로 따라갔다.

아빠는 미리 연락을 받은 듯 아동·청소년 수사과로 직진했다. 대체 저기는 왜? 손이 떨리는 걸 감추기 위해 주먹을 꽉 쥔 채 수사과 안에 들어섰다.

담당자를 찾아 두리번거리던 아빠가 어느 책상 쪽으로 다가갔다. 그 책상 앞에, 해준이 앉아 있었다.

"해준아, 네가 왜……?"

쿵하고 내려앉았던 심장이 이내 미친 듯이 뛰기 시작했다. 가슴에 거센 통증이 느껴져 걸음을 옮길 수가 없었다.

고개를 떨구고 있던 해준이 문 쪽을 쳐다보다 나를 발견했다. 놀란 듯 해준의 입술이 벌어졌다. 그런데 무슨 생각인지, 이내 모르는 사람을 보듯 외면했다. 그 짧은 순간에도 해준의 창백한 얼굴과 덜덜 떨리는 입술이 보였다.

'종일 연락이 없더니 이것 때문이었어? 그런데 왜 저렇게 외로워 보이지?'

그렇게 생각한 순간 짜악, 소리가 울렸다. 아빠가 다짜고짜 해준의 뺨을 때린 것이다.

"아빠!"

나는 비명을 지르며 아빠에게 달려갔다. 다시 손을 치켜든 아빠를 경찰이 다가가 말렸다.

"자자, 아버님, 진정하시고 여기 와서 현장 CCTV 영상이랑 얼굴 매칭 프로그램 확인하시죠. 학생들도 이리 와."

경찰은 부풀어 오른 뺨을 감싸 쥔 해준과 파랗게 질린 내 앞에 홀로그램 영상을 재생시켰다. 남영시 골목에서 해준이 금발 머리 여자애의 스마트 밴드를 낚아챈 후 나와 함께 도망가는 모습이 고스란히 찍혀 있었다. 얼굴 매칭 프로그램은 정확하게 나와 해준을 범인으로 지목했다. 아빠는 흥분해서 소리쳤다.

"내 딸은 아무 잘못도 없어요. 저놈이 바다 보러 가자고 바람을 넣어서 같이 간 것뿐이라고요. 갑자기 도둑질을 할 줄은 내 딸도 몰랐다고 했어요. 우리 애가 저깟 스마트 밴드 얼마나 한다고 훔치겠어요? 하지만 저놈은 다르죠. 내가 알아보니까 기초 생활 수급자로 정부 보조금을 받고 있던데. 게다가……."

아빠는 입에 올리기도 싫다는 듯 눈썹을 치켜올렸다. 그러고는 가상 모니터에 떠 있는 해준의 개인 정보란을 가리켰다. 거기에는 가족으로 엄마와 동생만 기재돼 있었다.

"저놈 동생은 스트거만 증후군 환자라 재활소에 있다더군요. 엄마는 이혼한 데다 변변한 직업도 없고. 저놈도 펀칭인가 뭔가로 사람을 때려서 돈을 버는 녀석이란 말입니다. 그러니 한 푼이 아쉬웠을 테죠."

아빠가 언제 해준의 뒷조사를 했는지는 모르겠지만, 그 모든 말이 날카로운 비수가 돼서 해준의 가슴을 찔러 댔을 것이다. 아빠는 그 뒤로도 순진한 내 딸이 불량한 자식의 꼬드김에 넘어간 거다, 불쌍한 환경이면 나쁜 짓을 해도 되냐 따위의 말을 함부로 내뱉었다.

나는 해준은 그런 애가 아니라고, 내가 부탁한 거라고 몇 번이나 진실을 털어놓으려고 입술을 달싹였다. 하지만 끝내 한마디도 하지 못했다. 아빠의 금고 속에 들어 있는 VIP 명함 때문이었다. 언제든지 나를 대체할 다른 '최시은'을 데려올 수 있는 명함이 있는 한, 더는 아빠를 화나게 해서는 안 된다.

해준은 딱 한 번 나를 쳐다봤다. 하지만 내가 피가 나도록 손톱을 뜯고 있는 걸 보더니 모든 걸 포기한 듯 한숨을 내쉬었다. 그러고는 어떤 변명도, 비난도 하지 않고 입을 다물었다.

경찰은 해준의 침묵이 잘못을 인정한다는 의미라고 여겼는지 나는 훈방 조치 했다. 아빠는 어찌 됐든 이 일이 커지는 것은 원치 않는다며 엄청난 배상금을 주고 피해자와 합의했다. 그러는 동안에도 해준의 엄마는 나타나지 않았다. 아빠가 혀를 쯧쯧 찼다.

"자식이 경찰서에 잡혀 왔는데도 엄마라는 사람이 코빼기도 안 비치는 거 봐라. 저렇게 방치하니까 애가 저 모양이지. 앞으로 저 놈과 어울리는 일 없도록 해! 알았니?"

나는 맥없이 고개를 끄덕였다. 하지만 아빠는 믿을 수 없었는지 내 어깨를 세게 붙잡았다.

"내 눈앞에서 직접 말해. 다시는 보지 않겠다고. 어서!"

아빠의 행동은 너무나 잔인했다. 터져 나오는 울음을 겨우 참고, 금고 속 명함만 생각했다. 고개를 드니 창백한 해준의 얼굴이 눈에 들어왔다. 주먹을 너무 꽉 쥐어서 손톱이 손바닥 살을 파고들었다. 하지만 타들어 가는 것 같은 심장의 고통에 비하면 이깟 아픔은 아무것도 아니었다. 나는 꽉 다문 입술을 떼며 말했다.

"앞으로 널 만나지 않을 거야. 다시는 아는 척하지 마."

해준의 입술이 파르르 떨리며 일그러졌다. 그런 해준을 모른 척하며 아빠와 나는 경찰서를 나왔다.

집에 도착하자마자 아빠는 서재에 들어가 문을 잠갔다. 저 안에서 무엇을 하고 있을지는 보지 않아도 알 수 있었다.

저녁 늦게 돌아온 오빠가 조심스럽게 내 방문을 두드렸다.

"시은아, 괜찮아? 오빠랑 잠깐 얘기할까?"

"미안. 지금은 혼자 있고 싶어."

날 걱정해서 말을 걸었다는 것은 알지만, 자꾸만 삐딱한 생각이 들었다. 뛰어난 머리로 이 세계에 아주 잘 적응한 오빠는 아빠의 자랑스러운 아들이다. 여기에서 쫓겨날 걱정 따위는 하지 않아도 된다. 매 순간 거짓말을 해야 하고, 좋아하는 사람에게 상처 입혀야 하는 이 절박한 심정을 오빠가 알 리가 없다.

내 방문이 끝내 열리지 않자 오빠는 메시지를 보냈다.

[너 자신을 잃지 마. 네가 어떤 선택을 하든, 나는 너를 끝까지 도울게.]

진짜 너를 버리면 안 돼, 라는 엄마의 마지막 말이 떠올랐다. 그날 밤 엄마와 오빠가 만난 것이 틀림없다. 두 사람이 왜 내게 비슷한 말을 하는지는 모르겠지만, 그 이유를 고민하기에는 다른 질문이 나를 붙들고 놓아 주지 않았다.

'나 자신이 뭔데? 내가 원래 어떤 애인데? 그걸 모르겠는데 어떻게 잃지 말라는 거야? 어떻게 버리지 말라는 거냐고!'

마구 소리를 지르고 싶었다. 그러나 서재에 있을 아빠를 생각하며 참았다. 어금니를 꽉 깨물며 창가로 고개를 돌렸다. 두 개의 달 모두 먹구름에 가려 보이지 않았다. 내 마음처럼 온통 캄캄한 하늘을 보면서, 나는 울음을 삼키고 또 삼켰다.

해준이 3일의 무단결석 끝에 드디어 학교에 나왔다. 꺼칠한 피부와 바싹 마른 입술이 그동안 어떤 시간을 보냈는지 말해 주는 듯했다. 창가 맨 끝자리에 앉은 해준은 내 시선을 피했다. 그런 짓을 했으니 당연하다고 생각하면서도 가슴이 찢어질 듯 아팠다.

점심시간이 되자 해준은 혼자 급식실 반대쪽으로 사라졌다. 보라는 언제나처럼 내 팔짱을 끼고 급식실로 향했다. 그리고 걷는 도중에 고개를 빼고 주변에 누가 없는지 살피더니 물었다.

"너 알아? 해준이가 결석한 진짜 이유?"

"진짜 이유라니?"

내가 깜짝 놀라 되묻자, 보라는 비밀 이야기라는 듯 입술에 손가락을 갖다 댔다.

"쉿! 목소리 낮춰. 우리 이모가 경찰인데 갑자기 해준이에 대해서 묻더라고. 그래서 왜 그러냐고 꼬치꼬치 캐물었지. 세상에, 천하의 서해준이 누구 스마트 밴드를 훔쳐서 경찰서에 잡혀 왔다는 거야."

심장이 쿵 내려앉았다. 그 일은 절대로 새어 나가지 않을 줄 알았다. 보라는 내가 동요하는 것을 눈치채지 못했는지 계속 말을 이었다.

"아무튼 엄청난 배상금을 받고 피해자가 고소를 취하하긴 했대. 그래도 소문나면 안 되는데. 가뜩이나 서해준이 영재 학교 다니는 거 특혜라고 시비 거는 애들 많거든."

반장과 그 무리가 이 사실을 알게 되면 해준을 얼마나 물고 뜯

올까. 나 때문에 수모를 당하는 해준의 모습을 상상하자 견딜 수가 없었다. 눈가가 뜨거워지더니 앞이 흐려졌다.

"보라야, 미안. 나 밥 못 먹겠어. 그리고 해준이 얘기는 다른 애들한테는 비밀로 해 줘, 응?"

내 얼굴이 심상치 않았는지 보라는 말없이 고개를 끄덕였다.

곧바로 몸을 돌려 뛰기 시작했다. 이대로 학교에서, 집에서, 이 세계에서 사라지고 싶었다.

'최시은, 너 하나 살자고 몇 사람의 인생을 망칠 거야?'

머릿속에서 나를 비난하는 목소리가 들렸다.

'아니야, 그러려던 게 아니야. 원래 세계에서 너무 불행했으니까 다른 삶을 살 수 있는 기회를 얻은 거라고 생각했어. 여기에서만큼은 마음껏 웃고 사랑하면서 살고 싶었어. 그래서 욕심을 냈어. 그게 잘못이야?'

필사적으로 변명해 봤지만, 목소리는 사라지기는커녕 나를 더 몰아붙였다.

'진짜로 지금 더 나아진 것 맞아? 원래 세계에서보다 행복하게 살고 있는 거 맞냐고.'

누가 주먹으로 명치를 세게 때린 것 같았다. 온몸에 힘이 빠져 더는 달릴 수가 없었다.

해준에게 잔인한 말을 하고 집에 온 뒤로, 나는 감정이 없는 로봇처럼 공부에만 매달렸다. 의심의 눈길을 보내는 아빠의 눈치만 살폈다. 나를 걱정하는 오빠를 미워했다. 그러느라 정작 내 마음이 어떤지는 돌아볼 기회가 없었다. 더 일찍 해야 하는 질문이었지만 모른 척했다. 대답이 뭔지 너무 잘 알고 있었으니까.

"아니, 나 지금 행복하지 않아!"

그렇게 입 밖으로 내뱉고 나니 눈물이 후두둑 쏟아졌다. 댐이 무너지듯 걷잡을 수 없었다. 나는 대체 뭘 위해서 그 많은 거짓말을 하고, 재미있어서 설레기까지 하는 펜싱을 포기하고, 좋아하는 해준에게 상처를 입힌 걸까? 이 세계에서 가짜 시은으로 사는 것이 원래 세계의 나로 사는 것보다 낫다고 생각했는데, 아니었다. 가짜로 살면 행복도 가짜일 수밖에 없었다. 내가 진짜로 원하는 것은 다 포기할 수밖에 없었다. 그런 삶이라도 괜찮은 걸까?

나는 손바닥으로 얼굴을 가린 채 엉엉 소리 내며 울었다. 어디서부터 잘못됐는지, 어떻게 바로 잡아야 할지 막막했다.

"여기서 왜 이러고 있어? 울고 싶은 건 나인데."

갑자기 들려온 목소리에 놀라 고개를 들었다. 보라색 넥타이를 풀어헤친 해준이 산딸나무 덤불숲 앞에 서 있었다. 달리다 보니 해준을 처음 만난 그 숲까지 온 모양이었다. 그때도 곤경에 빠진 나를 도와줬는데. 그 뒤로도 내가 힘들 때마다 손을 내밀어 줬는데. 그 손을 절대 놓치지 않겠다고 다짐했는데…… 그런 애한테 나는 대체 무슨 짓을 한 거야?

"미안해. 미안해. 흐으윽, 정말 미안해……"

다른 말은 생각나지 않았다. 해준은 화를 내지도, 섣불리 위로하지도 않았다. 그저 울음이 잦아들 때쯤, 내 눈을 똑바로 보았다. 언제나 나를 설레게 하던 투명한 갈색 눈동자가 지금은 가슴을 꿰뚫는 것 같았다. 알 수 없는 서늘함에 소름이 돋았다.

마침내 해준의 입술이 천천히 열렸다.

"넌 누구니? 진짜 시은이 맞아?"

벼락을 맞은 듯, 나는 꼼짝도 할 수 없었다.

늘 내 곁에
있었던 너

"그, 그게 무슨 소리야? 내가 나, 맞냐니?"

태연하게 말하려 했지만 목소리가 걷잡을 수 없이 떨렸다. 해준이 그런 내게서 시선을 거둬 먼 곳을 바라보았다.

"처음에는 네가 나한테 실망해서 그럴 수 있었겠다 싶었어. 이준이가 재활소에 있다는 건 알고 있지만 우리 집이 가난하고, 엄마가 이혼했다는 건 처음 알았을 테니까. 내가 지질한 애라는 게 싫겠구나 했지."

쓸쓸하게 웃는 해준을 보며 나는 황급히 말했다.

"그런 거 아니야, 절대로."

"알아. 그 말을 하는 네 얼굴이 어땠는지 내가 똑똑히 봤으니까.

너는 겁에 질려 있었어. 널 두렵게 하는 게 뭘까? 그게 궁금해지더라. 그러자마자 남영시에 있는 추모 공원이 떠올랐어. 분명 그 일과 관련이 있겠구나 싶었지. 그래서 너랑 같이 갔던 추모 공원에 다시 가 봤어. 금발 머리 여자애도 만났고. 굴욕 사진이니 뭐니 하던 네 이야기는 몽땅 거짓말이더라. 왜 그랬어? 왜 거짓말을 한 거야? 내가 우스웠어?"

해준이 숨을 빠르게 몰아쉬며 소리쳤다. 다정했던 갈색 눈동자가 분노로 타올랐다. 아니라고 말하고 싶었다. 그러나 목구멍에서 소리가 나오지 않았다. 다시 눈물이 터져 나올 것 같았지만 가까스로 정신을 다잡았다. 이제 와서 해준에게 진실을 밝힐 수는 없다. 지금도 나 때문에 곤란을 겪고 있는데, 더는 나와 엮이게 하고 싶지 않았다. 내가 할 수 있는 최선의 배려는 해준이 내게 완전히 등을 돌리게 하는 거였다.

"걔가 내가 죽었다고 떠벌리고 다니면 곤란했어. 우리는 신분 세탁을 하고 여기서 새 삶을 시작했거든. 그래서 내 거짓말을 곧이곧대로 믿어 줄 순진한 애가 필요했어. 그게 너였을 뿐이야."

나는 언젠가 반장이 내뱉었던 말을 진짜처럼 꾸몄다. 이제 화를 내며 가 버리겠지. 그런데 해준은 내 앞에 계속 서 있었다.

"최시은, 이제 그만해. 나도 다 알아봤어."

뭘 알아봤다는 거지? 나는 하얗게 질린 얼굴로 해준의 다음 말을 기다렸다.

"미스터리 미러 하우스에 올라온 글, 거기에 달린 댓글들도 다 읽어 봤어. 도플갱어니 신분 세탁이니 별별 헛소리가 다 있더라. 그런데 그중 하나가 내 눈길을 끌었어. 아무리 생각해도 말이 되는 건 그것밖에 없던데. 네가 배우지도 않은 펜싱에 소질이 있는 이유, 기억을 잃어버린 이유, 이준이가 있는 재활소 부근에서 배회하던 이유, 무엇보다 네가 아빠를 두려워하고 계속 거짓말을 할 수밖에 없는 이유. 이 모든 걸 납득할 수 있는 설명은 딱 하나뿐이더라."

두려우면서도 묻지 않을 수 없었다.

"그, 그게 뭔데……?"

해준이 내 눈을 빤히 들여다보며 말했다.

"너, 정말 평행 우주를 건너온 거야?"

순간, 온몸의 피가 다 빠져나간 듯 어지러웠다. 그렇게 감추고 싶었던, 내가 가짜라는 사실을 들키고 말았다. 머리가 정지된 듯 더는 둘러댈 거짓말도 떠오르지 않았다. 결국 나는 될 대로 되라는 심정으로 고개를 끄덕였다.

해준은 자기가 물어보고도 내가 긍정할 거라고는 예상하지 못했는지 벌린 입을 다물지 못했다. 그러더니 곧 해준의 눈에 물기가 어렸다. 눈을 빠르게 깜빡이며 눈물을 감춘 해준이 긴 팔을 뻗어 내 앞머리를 흐트렸다.

"최시은, 너 많이 힘들었겠다."

그 말 한마디에 긴장과 불안이 녹아내리는 것 같았다.

'그런데 이 말, 어디선가 들어본 것 같은데.'

그 생각을 떠올리자마자 희뿌연 안개가 낀 것 같던 머릿속에 한 줄기 섬광이 번쩍였다. 머리를 꽉 옥죄고 있던 사슬이 풀려 나간 듯 수많은 기억의 조각이 반짝이기 시작했다. 거기서 목소리 하나가 들려왔다.

"최시은, 힘들었겠다. 힘들면 말하라니까."

이 세계에서 몇 번이나 들었던, 익숙하고 그리운 목소리였다. 누군지 알고 싶었으나 흐릿했던 얼굴이 조명을 켠 듯 또렷해졌다. 큰 키의 소년이 투명한 갈색 눈동자를 빛내며 나를 바라보고 있었다. 주근깨가 박힌 까무잡잡한 피부 톤만 살짝 다를 뿐, 해준과 똑같은 얼굴이었다.

'아! 해준이 너였구나.'

이유를 알 수 없어 고이기만 했던 그리움이 눈물이 돼서 흘러내렸다. 그때는 왜 고마운지 몰랐을까. 왜 나는 네 얼굴을 잊어버리고, 우주를 건너와서도 또 다른 너를 아프게 한 걸까.

코흘리개 시절부터 나를 졸졸 따라다니던 너. 크면 꼭 결혼하자며 보석 사탕 반지를 건네던 너. 놀리는 아이들을 때려 코피를 터뜨린 나 대신 벌을 받던 너. 보이지 않는 곳에 자꾸 생기는 멍을 알아보고 분노하던 너. 오빠가 죽은 후로 심각한 우울증을 앓던 나를 기어이 복싱 체육관에 데려간 너. 숨이 차도록 뛰고 주먹을 내지르며 겨우 살아 있음을 느꼈던 날들과 그런 나를 보며 조용히 미소 짓던 너……. 내 십육 년간의 삶에는 온통 네가 있었다.

눈을 뜨자 가장 소중한 친구와 똑같은 얼굴과 이름을 가진 소년이 눈앞에 서 있었다. 왜 이 아이에게 처음부터 끌렸는지 알 것 같았다. 나는 목이 메는 걸 느끼며 겨우 말을 내뱉었다.

"내 원래 세계에도 서해준이 있었어. 바보같이 이제야 생각이 났어."

해준의 눈을 똑바로 바라보며 모든 것을 털어놓았다. 내가 원래 세계에서 얼마나 불행했는지, 얼마나 간절하게 다른 부모와 다른 삶을 꿈꿨는지를. 그리고 힘들 때마다 내 편이 돼 준 친구, 서해준에 대해서 이야기했다.

해준은 때로는 한숨을 쉬었고, 때로는 눈물을 글썽였다.

"그러니까 너와 내가 우주를 건너서도 이어진 인연이라는 거야? 이거 엄청 대단한걸. 그런데 왜 이렇게 질투가 나지? 그 녀석이 나는 모르는 너의 과거를 다 알고 있다는 게."

해준이 삐친 듯 입술을 삐죽였다. 그 모습이 귀여워 피식 웃음이 새어 나왔다.

"그게 너라니까."

"아, 몰라, 몰라. 아무튼 지금 중요한 건 네가 이 세계에서 살아남는 거야. 그렇게 되도록 내가 할 수 있는 모든 걸 할 거고. 시은이 네가 호호 할머니가 될 때까지 내가 옆에 있으면, 그 녀석을 이기는 거잖아."

어이없는 다짐을 하는 해준의 모습에 가슴이 두근거렸다. 내가 최악의 상황에 몰렸다는 것을 잠시 잊을 정도로 행복했다.

12월의 밤은 매섭게 추웠다. 학교 담장에 기대어 불 꺼진 건물을 바라보는 내 입에서 하얀 입김이 흘러나왔다.

어제까지만 해도 밤 늦게 공부하는 아이들로 환하던 학교는 지금 짙은 어둠 속에 잠겨 있다. 오늘 낮에 SBM 테스트가 끝났으니 시험을 치른 전국의 열일곱 살들은 모든 압박감을 벗고 단잠에 빠져 있을 것이다. 내일부터는 겨울 방학이다. 하지만 테스트를 완전히 망친 나는 단잠도, 겨울 방학도 즐길 수 없었다.

"시은아, 많이 기다렸어? 엄청 춥지?"

야구 모자를 푹 눌러쓰고 마스크로 얼굴을 가린 해준이 입김을 내뿜으며 달려왔다. 나 역시 까만색 비니와 목도리로 꽁꽁 싸매고 있었다. 경찰서에 끌려간 경험 덕분에 얼굴을 감춰야겠다는 생각이 들었다. 시간이 지날수록 점점 치밀해지는 범죄자가 된 기분이었다.

"나 혼자 가도 된다니까 왜 나왔어? 너 곧 전국 대회잖아."

"그렇게 말하면 섭섭한데. 우리가 보통 사이야? 우주를 건너서까지 이어진 엄청난 인연이잖아."

해준이 긴장을 풀어 주려는 건지 너스레를 떨었다. 하지만 나는 웃지 못했다. 우리가 지금부터 하려는 일은 진짜 범죄니까.

평행 우주의 비밀을 해준과 공유하긴 했지만, SBM 테스트는 나 혼자 힘으로 통과해야 했다. 아무리 발버둥을 쳐도 타고난 공간 지각 능력자들을 따라갈 수 없다는 것은 분명했다. 그렇다고 다른 방법이 있는 것도 아니었다. 아빠에게 고액의 수업료를 받은 과외 선생님은 예상 문제를 뽑아 주며 이것만 보면 상위 5퍼센트에 들 거라고 호언장담했다. 그래서 지푸라기라도 잡는 심정으로 예상 문제에만 매달렸다.

하지만 개인 테스트 룸에 들어가서 만난 첫 문제에서부터 막혔다. 메타버스 우주에서 미아가 되었다는 게 문제의 배경이었고, 나는 목성의 위성인 칼리스토를 찾아야 했다. 게다가 위성 위에 있는 독특한 입체 모양의 착륙장에 우주선이 꼭 들어맞게 착륙시키기까지 해야 한다. 여러 분야를 융합하고 잔뜩 꼬아서 만든 문제였다.

시험 시간이 절반을 넘어섰는데도 전혀 답이 보이지 않았다. 초조한 마음으로 일단 다음 문제로 넘어갔다. 하지만 이미 모든 사고가 정지된 듯 나머지 문제도 풀 수 없었다. 그나마 자신 있다고 생각했던 뇌파 큐브를 이용한 퍼즐 문제도 속수무책이었다. 시간이 흐를수록 바닥없는 어둠으로 점점 더 빠르게 추락하는 기분이었다.

어느새 시간이 오 분밖에 남지 않았다. 진땀이 흐르면서 금고

속 명함이 떠올랐다. 지금 당장 뭐라도 하지 않으면, 아빠는 그걸 사용할 것이 틀림없었다.

'역시 그걸 쓸 수밖에 없을까.'

나는 어젯밤 오빠가 건네준 악성 바이러스가 심어진 메모리 칩을 조심스럽게 꺼냈다. 떨리는 손으로 칩을 답안 입력용 단말기에 꽂았다. 잠시 후, 파란색 오류 코드가 뜨더니 나를 둘러싼 메타버스 우주가 지지직거리며 흔들렸다. 테스트 룸 밖에서 웅성거리는 소리가 들려왔다.

"제35차 SBM 테스트 종료 일 분 전을 알립니다. 응시자들은 서둘러 나머지 답을 입력하시고……."

시험 종료 알림이 도중에 끊기고 말았다. 바이러스가 학교 전체 전원을 차단한 것이다. 당황한 학교 측은 학교 컴퓨터 시스템에 테스트 결과가 임시 저장돼 있다며 걱정 말라고 안내 방송을 내보냈다. 내일 시스템을 복구하는 대로 중앙 처리 시스템으로 파일을 보내면 결과가 바로 나온다고도 했다.

그전에 내 테스트 결과를 바꿔치기하기 위해 어두운 밤을 틈타 학교에 온 거였다. 내 계획을 들은 해준은 자기가 필요할 거라며 굳이 나를 따라왔다.

"그나저나 시후 선배 정말 의외다. 찔러도 피 한 방울 안 나올 것 같은데 동생 일에 이렇게까지 할 줄 몰랐어."

해준이 학교 자치실이 있는 제2별관 건물을 흘낏 보며 말했다.

"그러니까. 나도 오빠가 이렇게까지 진심인 줄 몰랐어. 그것도 모르고 나 혼자 오해하고 질투했지 뭐야. 나는 왜 이렇게 끝까지 바보 같을까?"

오빠가 준 메모리 칩이 아니었다면 벌써 아빠에게 테스트 결과가 전해졌을 것이다. 그리고 나는 이미 이 세계에 없을지도 몰랐다. 내가 오빠를 질투하는 동안, 오빠는 자기 동생이 이 세계에 남을 방법을 고민하고 있었던 거다. 그게 불법이라는 걸 알면서도 기꺼이 직접 나서 주기까지 했다.

오빠는 지금 학교 내부 네트워크가 연결되어 있는 학생회 자치실에서 보안 시스템을 해킹 중이다. 보안이 해제되면 몰래 전산실에 들어가서 테스트 결과를 바꾸는 것이 우리의 계획이었다.

잠시 후, 스마트 밴드에 오빠의 메시지가 도착했다.

[해킹 완료! 보안 시스템이 재가동될 때까지 십 분밖에 시간이 없으니까 서둘러!]

나와 해준은 재빨리 교문을 통과해 전산실이 있는 본관으로 달렸다. 마음이 급해서인지 평소보다 더 멀게만 느껴졌다. 본관 현관 앞에 도착했을 뿐인데도 벌써 숨이 찼다.

"보안 시스템, 해제된 거 맞겠지?"

해준이 살짝 걱정이 되는지 현관문에 손을 뻗다 말고 물었다.

"우리 오빠 천재인 거 몰라?"

나는 머뭇거리는 해준을 지나쳐 문을 밀고 안으로 들어섰다. 머쓱한 표정으로 해준이 뒤따라왔다. 하지만 우리는 곧 한숨을 내쉬고 말았다. 전산실은 본관 건물 15층에 있는데, 지금은 엘리베이터가 작동하지 않는 시간이다.

"시간이 없어. 뛰어 올라가야겠다."

해준이 성큼성큼 뛰어서 나를 앞질렀다. 나도 이를 악물고 뒤따랐다. 본관까지 달려오느라 체력을 전부 소진해서 계단 뛰어오르기는 그야말로 지옥 훈련 같았다. 내가 헉헉거리며 처지자 해준이 자꾸 뒤돌아보았다. 이러다가는 시간이 부족할 것이다. 급한 마음에 계단을 한 번에 두 칸씩 오르다 그만 발을 접질리고 말았다.

"아악!"

내 비명에 저만치 앞서가던 해준이 놀라 되돌아왔다.

"시은아, 괜찮아?"

해준이 부어오른 발목을 만지자 통증이 몰려왔다. 나는 신음을 삼키며 억지로 웃었다.

"으으, 펀칭 센터를 그만둬서 그런지 몸이 무거워졌네. 안 되겠다. 시간 없으니까 이거 가지고 너 먼저 가. 곧 따라갈게."

내가 바꿔치기할 성적 데이터가 담긴 메모리 칩을 내밀자 해준이 결연한 눈빛으로 말했다.

"따라오긴 뭘 따라와. 너는 천천히 내려가고 있어. 이거 중앙 컴퓨터 처리 장치에 꽂기만 하면 되는 거잖아. 빨리하고 갈 테니까 현관 앞에서 만나자."

그러고는 몸을 돌려 다시 계단을 올라갔다.

미안했지만, 해준의 말이 맞다. 메모리 칩을 꽂는 것만큼이나 시간 내에 학교에서 벗어나는 것도 중요하다. 그러니 해준을 믿고 되돌아가는 것에 집중하자. 나는 난간을 잡고 계단을 내려가기 시작했다. 발목이 계속 시큰거렸지만, 참을 만했다.

그렇게 4층까지 내려갔을 때였다. 오빠에게서 긴급 메시지가 왔다.

[비상이야! 내 예상보다 보안 시스템이 빨리 복구되고 있어. 최선을 다해서 막고 있지만 오 분 안에 재개될 거야. 어서 빠져나와야 해!]

겁이 더럭 났다. 내려올 시간까지 생각하면 해준이 지금 당장 나와야 한다. 초조해진 나는 해준에게 연락을 했다. 하지만 좀처럼 받지 않았다. 시간이 점점 줄어들었다. 미칠 것 같았다.

이 분이나 지나서야 해준의 목소리가 들렸다.

"왜 이렇게 전화를 안 받아?! 지금 큰일 났어. 당장 거기서 나와!"

"헉헉…… 미, 미안! 여기 너무 복잡한데…… 중앙 컴퓨터를 아직…… 못 찾았어."

얼마나 뛰어다녔는지 해준은 대답도 잘하지 못했다. 온몸이 땀으로 젖은 채 애를 태우고 있을 해준의 모습이 그려졌다.

"바보야! 당장 나오라고! 보안 시스템이 삼 분 후면 켜진대!"

"하지만 조금만 더 찾아……."

"해준아, 제발! 너한테 무슨 일 생기면 나 못 견뎌. 여기서 살아갈 수가 없다고!"

나는 거의 울면서 소리쳤다.

"젠장! 알았어. 지금 나가!"

해준이 달리는 소리를 듣고서야 계단을 내려가기 시작했다. 마침내 현관문을 열자 차가운 겨울바람이 온몸을 훑고 지나갔다. 땀으로 젖은 몸에 한기가 들었다. 내가 나오자마자 현관문 상단에 빨간 경고등이 켜졌다. 보안 시스템이 재개되고 만 것이다.

"안 돼!"

나도 모르게 비명을 질렀다. 그때 누가 내 입을 틀어막았다.

"쉿!"

긴장한 얼굴의 오빠가 나를 내려다보았다.

"으흑, 오빠, 어떻게 해? 해준이 아직 못 나왔어……."

흐느끼는 날 보며 오빠가 고개를 저었다.

"오면서 3층 창문에서 뛰어내리는 그림자를 봤어. 해준일 거야."

"뭐? 3층에서?"

오빠는 손가락으로 조용히 하라는 신호를 하고는 건물 왼쪽으로 돌아갔다. 아무리 운동 신경이 좋은 해준이라도 3층에서 뛰어내렸는데 무사할까? 걱정으로 심장이 터져 버릴 것 같았다.

"으으으, 으음……."

어둠 속에서 낮은 신음 소리가 들려왔다. 소리 나는 쪽으로 달려가자 희끄무레한 그림자가 바닥에 엎어져 있는 것이 보였다. 가까이 다가간 나는 터져 나오는 비명을 가까스로 참았다. 쓰러진 해준의 오른쪽 발목이 기묘한 각도로 꺾여 있었다.

오빠가 재빨리 해준을 부축했다. 나도 울음을 삼키며 반대쪽을 부축했다. 해준은 고통으로 신음을 흘리면서도 미안해했다.

"어쩌지? 칩을 꽂지 못했어."

"네가 무사히 돌아왔으니까 됐어. 다른 방법이 분명히 있을 테니까 걱정 마."

말은 그렇게 했지만, 알고 있었다. 또 다른 기회는 없으리라는 것을.

우리는 어두운 운동장을 가로질러 학교를 빠져나왔다. 어느새 먹구름이 걷히고 달이 얼굴을 내밀었다. 마주보고 있는 초승달 두 개가 마치 나를 비웃는 눈처럼 보였다. 그리 쉽게 다른 사람의 삶을 가질 수 있을 줄 알았냐며.

깊어진 밤만큼 내 절망도 깊어졌다.

시은과 시은,
그리고

아빠가 학교에 불려왔다.

학교 상담실, 담임과 학년 주임 그리고 교장 선생님 앞에 앉은 아빠의 꽉 쥔 손이 부들부들 떨렸다. 그 옆에 앉은 나는 고개를 들 수가 없었다. 애꿏은 손톱만 뜯어내다가 피가 배어 나왔다. 하지만 경멸이 가득 담긴 아빠의 눈빛보다는 아프지 않았다.

"아버님이 충격받으신 건 이해합니다만, 재시험이라니요? 지금까지 그런 일은 한 번도 없었어요. 안 될 말씀입니다."

담임 선생님이 답답하다는 듯 말했다. 그러자 아빠의 얼굴이 분노로 벌겋게 달아올랐다.

"그럼 시험 중간에 전원이 차단된 일은 있었나요? 우리 애가 전국 56퍼센트라는 게 말이 됩니까? 이 학교에서 전교 일등 하는 최시후가 얘 오빠예요. 모의고사도 꽤 잘 쳐 왔잖아요. 시험 도중에 전원이 나간 탓에 애가 당황해서 답 입력을 못 했단 말입니다. 이거 학교 측의 시스템 점검 소홀이잖아요. 너무 무책임한 거 아닙니까?"

아빠는 아까부터 재시험을 치게 해 달라고 요구하고 있었다. 학년 주임 선생님이 인상을 잔뜩 구긴 채 입을 열었다.

"하지만 이번 일로 상위 5퍼센트 안에 들지 못한 건 우리 학교에서 최시은 학생 하나뿐입니다. 시험이 거의 끝났을 때 전원이 나간 거라고요. 다른 학생들한테는 전혀 영향이 없었어요."

아빠가 의자에서 벌떡 일어나며 소리쳤다.

"그래요? 저희 큰 애도 다니고 있어서 조용히 부탁드리려고 했는데, 안 되겠네요. 학교 상대로 소송을 하겠습니다. 언론에도 알리고요. 제가 할 수 있는 모든 일을 다 해 보죠."

여태 조용히 듣고만 있던 교장 선생님이 나지막한 목소리로 결론을 내렸다.

"……좋습니다. 일주일 뒤에 재시험을 치도록 하지요. 대신 그 결과에 대해서는 무조건 받아들이셔야 합니다."

아빠의 얼굴에 화색이 돌았다.

어이없어하는 선생님들과 선생님들을 달래는 교장 선생님을 뒤로하고 아빠는 내 손을 끌고 상담실을 나왔다. 하지만 몇 발짝 가지도 않고 던지듯 놓아 버렸다.

"내가 널 잘못 봤구나. 정말 실망이다."

아빠의 목소리는 차가웠다. 아빠는 잠시도 내 곁에 있기 싫다는 듯 곧바로 등을 돌려 복도를 걸어갔다.

지금이라도 달려가서 한 번만 더 믿어 달라고 매달려야 할까? 하지만 발이 떨어지지 않았다. 마치 벌레를 보는 듯한 아빠의 시선을 견딜 자신이 없었다. 아무도 없는 복도에 멍하니 서 있는데, 메시지가 도착했다. 민영이었다.

[야! 큰일 났어. 너한테 그림 판 거 학원에 들켰어. 내가 그 그림이랑 비슷하게 그린 그림을 다른 공모전에 냈거든. 그런데 표절이라고 걸려 버렸네. 사실대로 말할 수밖에 없었어. 지금쯤 학원에서 연락갔을 거야. 나도 일이 이렇게 돼서 너무 아쉽다. 미안.]

헛웃음이 새어 나왔다. 상황이 더 나빠질 일이 남아 있다는 게 놀라웠다. 이제 학교뿐 아니라 학원에서도 쫓겨나게 됐다. 아빠는 나를 절대 용서하지 않을 것이다.

쾅쾅쾅!

누군가가 사납게 방문을 두드렸다. 침대에 웅크리고 있던 나는 화들짝 놀라 고개를 들었다. 불길한 예감에 머리끝이 곤두섰다.

누구냐고 물어보려 했으나 목구멍을 뭔가가 틀어막은 듯 소리가 나오지 않았다.

분명 잠가 놓은 문이 마법이라도 걸린 듯 벌컥 열렸다. 문 앞에는 차가운 금테 안경을 쓰고 올백으로 머리를 넘긴 아빠가 서 있었다. 원래 세계의 아빠라는 걸 알아챈 순간, 두려움으로 온몸이 굳어 버렸다.

'아, 아빠가 어떻게 여기에?'

무표정한 아빠가 옆으로 비키자 그림자 하나가 보였다. 아빠의 손을 잡은 그림자는 방 안으로 한 발을 내디뎠다. 환한 달빛 아래 드러난 얼굴은…… 나였다.

내가 나를 보며 말했다.

"이제 너는 쓸모없어졌으니 사라져 줘야겠어. 아빠가 앞으로 이 방 주인은 나라고 했거든."

또 다른 시은이 아빠를 올려다보며 웃었다. 내게는 한 번도 보여 준 적 없는 다정한 미소가 아빠의 얼굴에 번졌다.

결국 버림받았다는 생각을 한 순간, 나는 추락하기 시작했다. 모든 걸 삼켜 버릴 것 같은 어둠 속으로. 어둠이 내 비명까지 삼켜 버렸는지 여전히 목구멍에서는 아무 소리도 나오지 않았다.

소리 없는 비명을 지르다 잠이 깼다. 온몸이 땀으로 흠뻑 젖어 있었다. 며칠째 같은 꿈을 꾸고 있다. 나를 투명 인간 취급하는 아빠가 서재에서 뭘 하고 있는지는 뻔했다. 그러니 지금이라도 꿈에서처럼 또 다른 시은이 방문을 벌컥 열고 들어와도 이상할 게 없었다.

이 세계에서 살아남으려고 그렇게 애를 썼지만, 이제 더는 할 수 있는 게 없다. 내 운명은 내 손을 완전히 떠나 버렸다. 나는 자포자기한 채 판결을 기다리는 사형수처럼 아빠의 처분만을 기다리는 중이었다.

그때 쿵쿵, 방문 두드리는 소리가 들렸다.

'설마 진짜로……?'

몇 번이나 상상했는데도 막상 닥치니 눈앞이 캄캄해졌다. 공포 때문인지 아무리 숨을 들이마셔도 호흡이 가빠졌다. 답답한 가슴을 움켜쥐고 있는 사이, 방문이 활짝 열렸다. 그림자가 성큼 내 방으로 들어왔다.

"내가 아까부터 얼마나 연락했는지 알아? 진짜 중요한 일이라고! 왜 스마트 밴드를 꺼 둔 거야? 문도 몇 번이나 두드렸는데 안 들렸어?"

시후 오빠였다. 잔소리를 늘어놓던 오빠는 뒤늦게 내가 숨을 잘 못 쉬고 있다는 걸 알아챘다.

"시은아, 왜 그래? 어디 아파?"

걱정 가득한 오빠의 얼굴을 보고서야 내 입에서 가느다란 울음소리가 새어 나왔다.

"흐으윽…… 오빠, 나 어떻게 해? 너무 무서워."

오빠는 흐느끼는 나를 토닥여 주었다.

"많이 힘들었지? 네가 아무리 씩씩한 척해도 겨우 열일곱밖에 안됐는데. 내가 더 빨리 도와줬어야 했는데. 오빠가 미안해."

코를 훌쩍이던 나는 고개를 가로저었다.

"에이, 그게 무슨 소리야. 오빠가 지금까지 나를 얼마나 많이 도와줬는데……. 솔직히 피 한 방울 안 섞인 동생한테 누가 이렇게까지 하겠어?"

내 말에 오빠가 쓴웃음을 지었다.

"시은아, 오빠는 비겁한 사람이야. 내가 더 빨리 용기를 냈다면 시은이가 죽지 않았을 거야. 그랬다면 너도 평행 우주를 건너오지 않았을 거고."

"진짜 시은이는 일 년 전에 자율 주행 바이크 사고로 죽었잖아. 그 뒤에 온 오빠가 무슨 수로 걔가 죽지 않게 도와줄 수 있었다는 거야?"

내가 의아하다는 듯 묻자, 오빠가 어려운 말을 꺼내려는지 한참을 머뭇거리다 입을 열었다.

"……내가 말한 건 두 번째 시은이야. 네가 오기 전 평행 우주를 건너온 아이. 너는 세 번째 시은이고."

"뭐?"

심장이 땅으로 곤두박질쳤다. 평행 우주를 건너왔다는 사실을 알았을 때보다 더 충격이었다. 내가 6개월 간 혼수상태에 있었던 것이 아니라, 그 시간 동안 다른 시은이 이 세계에 존재하고 있었던 것이다.

나는 간신히 정신을 차리고 물었다.

"그 애, 두 번째 시은이는 왜 죽었는데?"

얼굴이 백지장처럼 창백해진 오빠의 목소리가 떨렸다.

"그 애는 평행 우주의 비밀을 안 후로 늘 돌아가고 싶어 했어. 아무리 힘들어도 자기 자신으로 살고 싶다면서 말이야. 하지만 아빠의 집착과 압박에서 벗어날 수 없다는 것을 깨달은 어느 날, 스스로 이 세계에서의 삶을 끝냈어."

잠시 말을 멈춘 오빠는 고개를 돌려 창밖을 바라보았다. 새하얗게 변해 버린 내 머릿속에는 어떤 말도 떠오르지 않았다. 그래서 그저 오빠의 시선 끝에 있는 두 개의 달을 바라보기만 했다. 어느새 차오른 반달들이 캄캄한 하늘을 희미하게 밝히고 있었다. 다시 오빠의 말이 나지막이 들려왔다.

"그 애의 세계에는 달 대신 태양이 두 개 있다고 하더라. 그래서 캄캄한 밤도, 달도, 별도 본 적이 없댔어. 두 눈이 휘둥그레져서 밤하늘에서 눈을 못 떼던 애였는데……. 힘들어한다는 건 알았지만 못 본 척했어. 그때의 나는 지금 너처럼 여기서 살아남기 위해 안간힘을 쓰고 있었거든. 피 한 방울 섞이지 않은 동생을 돌볼 여유는 없었지. 그래서 잃고 나서야 알았어. 내가 얼마나 비겁하고 이기적인 인간인지.”

“……아빠는 후회했어? 아니, 슬퍼하긴 했어?”

왜인지 모르겠지만 내 입에서는 이 질문이 먼저 튀어나왔다. 오빠는 고개를 가로저었다.

“아빠는…… 화를 냈지. 그리고 너를 데려왔어. 엄마는 절대 안 된다고 반대했지만 막무가내였어. 아빠는 세 번째 시은이는 과거를 기억하지 못하니까 그런 일이 또 생기지는 않을 거라고 했어. 더 견디지 못한 엄마는 결국 달 기지로 가 버렸고.”

오빠의 말을 듣고서야 이상하게 여겼던 아빠의 모습들이 퍼즐처럼 딱딱 맞춰졌다. 서랍에 끼어 있던 옷을 입은 내게 과하게 화를 내던 아빠. 기억을 억제하는 약을 은밀하게 먹이던 아빠.

VIP 고객인 아빠의 개인 정보에서 오빠 이름 옆에는 숫자 2가, 내 이름 옆에는 1이 쓰여 있었던 이유도 알 수 있었다. 그건 남은 평행 우주 점프 횟수였던 것이다.

“이번이 마지막 기회겠구나. 그러니 아빠는 더욱 완벽한 아이를 데려오고 싶을 테고.”

내 말에 오빠가 고개를 끄덕였다.

“그래서 말인데, 엄마와 내가 아빠를 막을 방법을 드디어 찾아냈어.”

“뭐? 그런 방법이 진짜 있단 말이야?”

“그래, 그 얘기를 하려고 계속 연락했는데 네가 안 받으니까 애가 타서 달려온 거라고."

"근데 오빠는 그렇다 치고, 엄마는 왜? 엄마는 우리를 싫어하는 거 아니었어?"

"나도 처음에는 그런 줄 알았어. 하지만 달 기지로 간 지 얼마 안 돼서 엄마가 메시지를 보내 왔더라. 자기를 엄마라고 부르는 아이가 죽는 걸 다시는 겪고 싶지 않다면서, 동생을 잃은 내 눈에서 자신과 똑같은 죄책감을 보았대. 그러니 세 번째 시은이는 둘이서 꼭 지켜 주자고 했어. 나한테 연구소 아르바이트를 하라고 한 것도 엄마야. 거기가 평행 우주의 문을 여는 핵심적인 연구를 하는 곳이거든."

"흐윽, 나는 그것도 모르고······."

눈물이 왈칵 솟구쳐 말을 이을 수 없었다. 나는 내가 살겠다고 온갖 거짓말을 해 대며 그런 엄마를 집에서 쫓아냈다. 추운 밤, 집 앞에서 맨발에 슬리퍼만 신은 채 나를 바라보던 엄마의 슬픈 눈빛이 떠올랐다. "너 자신을 버리면 안 돼"라는 말에 담긴 의미를 이제야 알 수 있었다. 미안해서 어쩔 줄 모르는 나를 보며 오빠가 말을 이었다.

"시은아, 지금은 울 때가 아니야. 지금부터 내 말 잘 들어."

손등으로 눈물을 훔치고는 자세를 고쳐 앉았다. 내가 들을 준비가 됐다고 생각했는지 오빠가 천천히 입을 열었다.

"아빠는 너를 영원히 제거할 생각이야."

너무 놀라 숨이 멎는 것 같았다.

"뭐? 나를 돌려보내는 게 아니란 말이야?"

오빠의 눈빛이 무겁게 가라앉았다.

"아빠가 평행 우주의 문을 열 수 있는 기회는 이제 한 번밖에 남지 않았어. 그러니 너를 원래 세계에 돌려보낼 수가 없어. 그렇다고 네가 계속 여기 남아 있으면, 네 존재 자체가 불법으로 평행 우주 점프 기술을 이용했다는 증거가 되지. 그래서 평행 우주 연구소 측은 아빠에게 증거를 완전히 제거해야 네 번째 시은이를 데려오겠다는 조건을 내걸었어. 물론 아빠는 동의했고."

돌아가고 싶지 않다고만 생각했지, 여기서 아예 사라질 수도 있다는 생각은 해 본 적조차 없었다. 아빠가 이렇게까지 잔인한 사람일 줄은 몰랐다. 내 의사와 상관없이 나를 낯선 세계로 끌고 와 놓고, 필요 없어지니까 가차 없이 버린다니.

"어떻게 그럴 수가⋯⋯."

뒷말을 잇지 못한 채 울먹이는 내 손을 오빠가 꼭 붙잡았다.

"그러니까 무조건 이 계획을 성공시켜야 해! 알았지?"

오빠는 곧바로 엄마와 함께 세운 계획을 설명하기 시작했다. 들으면 들을수록 입이 딱 벌어지는 말들뿐이었다.

"정말 그게 가능하다고? 근데 내가 해낼 수 있을까? 오빠와 엄마까지 위험해질 텐데."

"걱정 마. 절대로 실패하지 않을 거야. 이번에는 무슨 수를 써서라도 내 동생을 반드시 지킬 거니까."

오빠가 결연한 표정으로 대답했다. 그리고 한마디 덧붙였다.

"엄마도 더는 다른 엄마에게서 아이를 뺏고 싶지 않다고 하셨어. 자식을 잃은 슬픔이 얼마나 큰지 아니까."

자꾸만 눈가가 뜨거워져 눈을 감았다. 문득 두 번째 시은이 처음으로 캄캄한 밤하늘에 빛나는 별과 달을 봤을 때 어떤 기분이었을까 궁금해졌다. 그 풍경이 아름다워서 잠깐이나마 여기서 살고 싶다는 생각을 하지 않았을까. 그런데도 원래 세계에 돌아가고만 싶었을까. 절대 포기할 수 없는 소중한 것이 그 애를 기다리고 있었을까. 그건 대체 무엇이었을까.

내가
여기 있어도 될까

새벽 일찍 아르바이트를 간 오빠에게서 메시지가 도착했다.

[오늘 밤 열 시에 평행 우주 문이 열릴 거야. 한 시간 전까지 벚꽃 비가
내리던 공터로 와.]

드디어 디데이다. 한숨도 못 잤지만 전혀 졸리지 않았다.

아직 아침 여덟 시밖에 되지 않았지만, 침대에서 몸을 일으켰
다. 창밖에서 클래식 자동차 특유의 낮고 묵직한 배기음이 들렸
기 때문이다. 아래를 내려다보자 빠르게 집에서 빠져나가는 아빠
차의 뒤꽁무니가 보였다.

"하긴, 오늘은 아빠에게도 디데이겠지. 하루 종일 바쁘시겠네."

그렇게 중얼거리고 나니 입안이 썼다. 급히 시선을 돌리다 집 담벼락 아래에 주차된 낯선 차를 발견했다. 가끔 근처 공원에 가는 사람들이 저곳에 불법 주차를 해 놓곤 했다. 이 겨울에 볼 게 뭐가 있다고 남의 집 담 밑에 주차를 해 놨지? 그런 생각을 하다 고개를 세차게 흔들었다. 죽느냐 사느냐를 앞둔 마당에 별 걸 다 신경 쓴다 싶어서였다.

아빠가 집에 없다는 걸 확인했으니 이제 1층으로 내려갈 수 있다. 오빠에게 모든 계획을 들은 날 이후로 나는 아빠와 마주칠 일을 최대한 피했다. 새로운 시은을 데려올 때까지는 나를 어떻게 하지 못할 거라고 오빠가 말해 주었지만, 너무 무서웠다. 그래서 지금까지 방에 틀어박혀 에너지 바로 겨우 허기만 달랬다. 하지만 오늘은 제대로 된 음식이 먹고 싶었다.

아빠가 며칠째 요리를 하지 않아서 그런지 주방은 온기 없이 썰렁했다. 몰래 숨겨 두었던 라면을 찾아 끓여 먹었다. 인스턴트를 싫어하는 아빠 때문에 얼마 만에 먹는 건지 몰랐다.

"꼭 최후의 만찬 같네. ……아니야! 약한 소리 하지 말자. 나는 어떻게든 여기서 살아남을 거니까."

맵고 뜨거운 국물이 들어가자 기운이 돌았다. 나는 각오를 다지며 오빠가 일러 준 계획을 되새겼다. 그동안 머릿속에서 수십 번이나 되풀이해서인지, 토씨 하나 틀리지 않고 오빠의 말을 떠올릴 수 있었다.

"앞으로 3일 후, 새로운 시은이를 데려오기 위해 평행 우주의 문이 열릴 거야. 평행 우주 점프를 하려면 두 개의 달이 특정한 중력 휘어짐 현상을 일으켜야 해. 그래서 정해진 시간과 장소에서만 문이 열리지. 그때 시공간이 비틀어지기 때문에 비가 거꾸로 거슬러 오르거나 계절에 맞지 않는 벚꽃 비가 내리는 거야."

오빠는 두 개의 달이 있는 이 세계에서만 평행 우주 점프가 가능한 이유를 자세하게 설명해 줬지만, 내게는 너무 어려웠다. 그래서 이해하지 못한 말은 그냥 외워 버렸다.

설명을 마친 오빠는 내 책상에서 가져온 노트를 펴고 그 위에 커다랗게 '1단계'라고 썼다.

"이 세 단계만 기억해! 엄마와 나는 평행 우주 점프의 특성을 이용해서 너를 바꿔치기할 거야. 첫 번째, 달 기지에 있는 엄마가 오른쪽 달의 중력 장치를 조정해서 두 우주를 연결하는 웜홀을 불안정하게 만들 거야. 두 번째, 그러면 지구의 평행 우주 연구소에 숨어 있던 내가 웜홀의 문을 닫아 버리는 거지."

계획은 예상했던 것보다 훨씬 더 위험하고 대범했다. 시험 결과를 바꿔치기하는 것과는 차원이 달랐다. 실패하거나 도중에 들키기라도 한다면 오빠와 엄마에게도 너무 치명적이었다.

"아무리 엄마가 달 연구 기지에 있다지만 중력 장치를 몰래 조정할 수 있어? 오빠는 또 어떻고? 인턴 알바생이 웜홀 장치에 가까이 갈 수 있긴 한 거야?"

내가 숨이 넘어갈 듯 물어보자 오빠는 걱정 말라며 웃었다.

"엄마가 시스템 엔지니어 팀 팀장이라는 거 잊었어? 디데이에 야간 근무를 맡으려고 업무 조정도 다 해 놓으셨대. 그리고 나한 테도 엄청난 조력자가 있고."

"조력자라니?"

"평행 우주 연구소에도 점프 기술이 불법적으로 이용되는 걸 반대하는 사람들이 있어. 그중 한 명이 내가 일하고 있는 미래 기 술 전략 센터 부센터장님이야."

언젠가 아르바이트를 하다가 실수를 한 적이 있는데, 그때 부 센터장님이 오빠가 평행 우주를 건너왔다는 것을 대번에 눈치챘 다고 했다. 원래 삶을 뺏은 것에 대한 미안함 때문인지 그 뒤로 부 센터장님은 오빠를 유난히 잘 챙겨 줬다고 한다. 점프 기술이 불 법 이용되는 걸 괴로워하는 그에게 오빠는 내 얘기를 털어놓았 다. 그렇게 두 번째 시은의 비극까지 알게 된 부센터장님이 속죄 하는 마음으로 도와주겠다고 했다는 것이다.

오빠의 이야기를 듣자 가슴에서 뜨거운 무언가가 불쑥 치밀어 올랐다. 이 낯선 세계에 나 혼자뿐이라고 생각했는데, 나를 돕겠 다는 사람들이 또 있다는 게 믿기지 않았다. 오빠는 눈시울이 시 큰해진 나를 토닥이고는 말을 이었다.

"자, 자, 감동은 성공한 다음에 해도 늦지 않아. 마지막 3단계가 정말 중요해. 너는 제시간에 벚꽃 비가 내리는 공터에 서 있어야해. 그리고 막 평행 우주를 건너온 것처럼 아빠를 만나는 거지. 그러면 아빠는 네가 새로운 시은인 줄 알 거야. 간단하지?"

전혀 간단하지 않았다. 아니, 너무 위험했다. 하지만 고개를 끄덕였다. 이것이 내게 남은 유일한 방법이니까. 그러니 무슨 수를 써서라도 성공해야 한다.

어금니를 꽉 깨물며 다짐을 하는데 스마트 밴드가 요란하게 울렸다. 발신자는 뜻밖에도 황 감독님이었다. 펀칭 센터를 그만둔 후 몇 번 오던 연락도 두 달 전부터는 완전히 끊겼었다. 그런데 무슨 일일까. 신경 쓰였지만 받지 않았다. 지금은 오늘 밤에 실행할 계획에만 집중하고 싶었다.

끈질기게 울리던 소리가 멈추더니 긴급 메시지가 도착했다. 꼭 전달해야 하는 말이 있는 것 같아 망설이다가 메시지를 확인했다.

[시은아, 혹시 해준이 어디 있는지 아니? 어제 재활 훈련 하다가 어머니가 위독하다는 전화를 받고 나갔는데 지금까지 연락이 안 된다.]

눈앞이 아찔했다. 해준의 엄마가 몸이 좋지 않다는 얘기는 들었지만, 위독한 정도인지는 몰랐다. 문득 경찰서에 보호자도 없이 혼자 앉아 있던 해준의 모습이 떠올랐다. 건강이 안 좋은 엄마에게 걱정 끼치고 싶지 않아 아예 알리지 않았던 걸까. 지금도 모든 걸 혼자 감당하고 있을 해준이 너무 걱정됐다.

곧바로 황 감독님에게 전화를 걸었다. 안부도 꾸지람도 생략한 채 황 감독님은 해준의 행방을 물었다. 나는 해준의 엄마가 얼마나 아픈 거냐고 되물었다.

"해준이가 워낙 자기 이야기는 안 해서 몰랐는데, 어머니가 많이 아프신가 보더라. 이번에 전국 대회에서 우승하면 그 상금으로 수술을 하려고 했던 모양이야. 그런데 어디서 다쳤는지 발목이 부러지는 바람에 대회를 못 나가게 됐잖니. 재활 훈련 하면서 다음을 준비하자고 다독였는데, 어제 병원에서 연락을 받고는 급하게 뛰쳐나갔어. 그런데 지금까지 소식이 없네."

나는 입술이 떨리는 것을 느끼며 물었다.

"해준이 어머니가 입원했다는 병원이 어딘지 아세요?"

"알면 내가 너한테 연락을 했겠니? 안 그래도 억지로라도 물어볼걸 하고 후회하는 중이야. 어머니랑 단둘이 살아서 어디 의지할 사람도 없는 것 같던데. 해준이가 늘 외로워한다는 걸 알면서도 내가 너무 무심했어. 친구 하나 없던 녀석이 시은이 너랑 만난 뒤로는 많이 밝아져서 괜찮은 줄 알았지."

황 감독님이 안타까운 듯 한숨을 내쉬었다. 나는 해준이 갈 만한 곳을 살펴보겠다고 한 뒤 전화를 끊었다.

해준에게 연락을 해 봤지만 받지 않았다. 그러고 보니 최근에 내가 먼저 전화한 적이 없었다. 해준은 자기는 괜찮으니까 내 걱정만 하라고 했다. 3일 전 통화에서 이 세계에 남을 방법이 생겼다고 하자 뛸 듯이 기뻐하던 목소리가 귀에 선했다. 내 문제에만 빠져 있느라 해준이 애써 괜찮은 척했다는 걸 몰랐다.

"서해준, 이 바보! 왜 말을 안 해? 왜 나만 나쁜 애 만드냐고!"

걱정과 미안함 때문에 심장이 터질 것 같았다. 늘 그랬다. 나는 매번 도움을 받고 기대기만 했다. 우주를 건너서도 이어지는 인연이라며 좋아하던 해준에게 아무것도 해 준 것이 없었다. 아니, 오히려 해준의 인생을 망치고 말았다. 아픈 엄마 옆에서 막막해하고 있을 해준의 모습이 머릿속에서 떠나지 않았다.

"그래, 나 나쁜 애 맞아. 그래도 지금은 널 혼자 둘 수 없어."

나는 무작정 집 밖으로 뛰쳐나갔다. 그때는 몰랐다. 우리 집 담벼락에 주차돼 있던 낯선 차가 나를 뒤따라오기 시작했다는 걸.

자율 주행 택시를 타고 병원이 모여 있는 클리닉 스트리트로 향했다. 해준에게 계속 전화했지만 여전히 연결이 되지 않아서 어디로 가야할지 알 수 없었다.

택시에서 내린 나는 일단 눈에 보이는 제일 가까운 병원으로 뛰어들었다. 입구에 인포메이션 부스가 보였다. 문을 열고 들어가 인공 지능 안내원에게 환자를 찾는다고 말했다.

"환자의 이름은 무엇입니까?"

"그게, 이름은 몰라. 아들 이름은 서해준인데."

"죄송합니다만 가족의 이름으로는 찾을 수 없습니다. 환자의 주소는 알고 있습니까?"

"주소? 아니……."

해준에 대해서 알고 있는 게 너무 없었다. 어깨를 축 늘어뜨린 채 부스에서 나오다, 지나가던 보라색 코트를 입은 여자와 부딪치고 말았다.

"앗! 죄송해요."

고개 숙여 사과를 하는데 갑자기 경찰서에서 본 해준의 개인 정보가 떠올랐다. 그때 가족 관계 란에 적혀 있는 이름이 서보라와 비슷하다고 생각했었는데…….

"맞다! 보영, 서보영이었어."

얼른 다시 부스로 돌아가 환자 이름을 댔다. 그러자 인공 지능 안내원이 그 환자는 다른 병원에 입원해 있다고 알려 주었다. 여기서 오 분 거리에 있는 심장외과 전문 병원이었다.

자율 주행 택시가 오는 것을 가만히 기다리기에는 마음이 너무 급했다. 나는 얼른 홀로그램 내비게이션을 띄우고 건물 뒤편의 지름길로 뛰어갔다.

병원 건물로 들어서자 비슷한 인포메이션 부스가 설치된 것이 보였다. 확인해 보니 해준의 엄마는 이 병원 중환자실에 입원 중인 게 맞았다. 그리고 지금은 하루에 한 번 있는 중환자실 면회 시간이었다.

'해준이는 지금 면회 중이겠구나.'

물어물어 도착한 중환자실 문 너머에 해준이 있었다. 눈을 꼭 감은 엄마가 듣고 있기라도 한듯 열심히 말을 거는 중이었다. 힘들고 외로운 것을 티내지 않으려고 애쓰는 모습이 역력했다.

미안해서 더 보고 있을 수가 없었다. 문에서 물러난 나는 대기실 의자에 털썩 주저앉았다. 옆에는 다른 중환자들의 보호자들이 삼삼오오 앉아 있었다. 그들끼리 나누는 대화 속에서 문득 해준의 이름이 들려왔다.

"해준이가 주니어 펀칭 챔피언이라며? 매일 보면서도 몰랐네. 그런데 엄마 수술 날짜 잡혔다면서 왜 사인을 안 한대?"

"에휴, 이번 전국 대회 나가면 상금 받아서 수술하려고 했다잖아. 그런데 훈련 중에 다리를 다쳐서 대회에 못 나가게 됐다고 어찌나 울던지. 아직 고등학생밖에 안 된 애가 가장 노릇까지 해야 하니 너무 안됐어."

나는 참지 못하고 그중 한 아주머니의 팔을 붙잡고 물었다.

"저 해준이 친구인데요, 해준이 어머니가 많이 아프신가요?"

그러자 아주머니는 아이고, 하며 한숨부터 내쉬었다.

"지금 당장이라도 심장 이식 수술을 해야 할 정도로 위급하다던데. 겨우 수술 날짜가 잡혔는데 수술비가 없다나 봐. 환자가 얼마나 더 버텨 줄지……."

그렇게 심각한지 몰랐다. 나는 떨리는 입술을 꽉 깨물고는 다시 물었다.

"죄송하지만 수술비는 얼마 정도래요?"

아주머니는 어린 여자애가 별걸 다 물어본다고 생각하는 듯했다. 그래도 친절하게 대답해 주었다.

"나도 정확하겐 모르지만 언뜻 들으니 3억 정도 든대. 심장은 인공 장기 중에서도 제일 비싼 데다가 까다로운 수술이라 로봇 닥터는 할 수 없다는 거야. 인간 의사가 직접 수술을 해야 하니 비쌀 수밖에."

천문학적인 금액에 놀란 내가 입을 다물지 못하는 사이, 아주머니는 자기 차례인 듯 중환자실로 들어갔다.

이 세계는 과학 기술이 발전해서 인공 장기를 만들 수는 있지만, 수술 비용이 엄청나서 누구나 그 혜택을 볼 수는 없다. 평행 우주 관련 기술도 마찬가지다. 돈 많은 일부 상류층을 위한 기술 발전이 무슨 의미가 있나 싶었다.

"어? 시은이 네가 어떻게 여길?"

어느새 중환자실을 나온 해준이 나를 발견하고 그 자리에 우뚝 섰다. 부러진 오른쪽 다리에는 티타늄 보조기가 덧대져 있었다. 해준을 마지막으로 본 건 해준이 발목 수술을 한 직후다. 그때만 해도 금방 나을 줄 알았는데……. 보조기를 한 다리가 꼭 로봇 같았다. 내가 울 것 같은 표정으로 다리에서 눈을 떼지 못하자 해준이 알루미늄 목발을 짚고 다가왔다.

"난 괜찮다니까. 그런데 진짜 여길 어떻게 알고 온 거야?"

"황 감독님이 전화하셨어. 네가 병원에서 연락받고 나간 뒤 감감무소식이라고 걱정하시더라. 내가 너 찾으려고 얼마나 고생했는지 알아?"

"미안. 하지만 오늘은 너한테 정말 중요한 날이니까 걱정 끼치고 싶지 않았어."

"그래도……."

해준은 내 대답을 기다리지 않고 몸을 돌렸다.

"내내 병원에 있어서 그런가, 너무 갑갑하네. 우리 잠깐 바람 쐬러 갈까?"

해준이 나를 데리고 간 곳은 병원 옥상 정원이었다. 정원이라고는 하지만 앙상한 나무와 누렇게 말라 버린 풀들만 겨울바람에 흔들리고 있었다. 황량한 정원 가운데에 온풍기가 돌아가는 온실이 있었다. 안으로 들어간 해준이 자동판매기에서 따뜻한 코코아를 뽑아 건네주었다.

"춥지? 중환자실에서 언제 연락이 올지 모르니까 멀리 갈 수는 없어서."

그새 수척해진 해준이 담담하게 말했다. 가슴이 찌르르 하며 아파 왔다.

"그동안 왜 어머니가 아프시다는 말 한 번도 안 했어? 수술비가 3억이나 된다면서?"

내가 여기 있어도 될까 211

그건 또 어떻게 알았냐는 듯 해준의 눈이 커다랗게 뜨였다. 한참이나 할 말을 고르던 해준이 마침내 입을 열었다.

"황 감독님이 나 정도면 프로 구단 계약금으로 3억은 받을 수 있다고 하셨어. 그래서 혼자 해결할 수 있다고 생각했지. 그런데 뭐, 전국 대회에서 우승하지 못했을 수도 있고, 그 정도 계약금을 주겠다는 프로 팀이 안 나타날 수도 있었으니까. 지금이라도 다른 방법 찾아봐야지."

해준은 덤덤하게 말했지만, 내가 미안해할까 봐 애를 쓰고 있다는 것을 단번에 알 수 있었다. 지금도 붉어진 눈가와 떨리는 입술을 감추려고 자꾸 딴 곳을 쳐다보았다. 그게 더 미안해서 화가 났다.

"서해준! 너 바보야? 그거 다 나 때문이잖아. 네 다리가 부러진 것도, 전국 대회에 못 나간 것도 전부 날 돕다가 그런 거잖아. 그러니까 나를 원망해야지. 밉다고 욕해야지!"

그렇게 소리치던 나는 목이 메고 말았다. 해준이 갑자기 나를 와락 안았기 때문이었다.

"시은아, 나 너 안 미워. 너까지 미워하면 이 세상에 기댈 곳이 하나도 없는걸. 엄마가 이대로 내 곁을 떠나기라도 하면…… 진짜 내 곁에는 아무도 없단 말이야……."

나보다 머리 하나는 큰 녀석이 내게 기대 어깨를 들썩이며 울기 시작했다. 병원 특유의 소독약 냄새와 함께 억누를 수 없는 슬품이 전해져 왔다. 나는 손을 들어 해준의 머리를 쓰다듬어 주었다. 엄마를 잃을지 모른다는 두려움을 조금이라도 덜어 주고 싶었다. 내가 할 수 있는 건 고작 이런 것뿐이었다.

잠시 후, 울음을 멈춘 해준이 나를 안은 팔을 풀었다.

"갑자기 그래서 놀랐지? 미안해."

나는 가만히 고개를 저었다. 오히려 해준의 맨얼굴을 봐서 다행이라고 생각했다. 해준은 나를 안은 게 부끄러웠는지, 아니면 우는 모습을 보여 준 것이 창피했는지 괜히 헛기침을 몇 번 했다. 그러고는 먼 하늘을 바라보았다. 구름 하나 없는 겨울 하늘은 시리도록 파랬다. 다시 내게로 시선을 돌린 해준의 눈빛이 하늘처럼 맑았다.

"시은아, 나는 너를 만나기 전까지는 이 세상이 너무 미웠어. 우리 집이 가난한 것도, 동생이 장애를 가지고 있는 것도, 엄마가 아픈 것도 다 내 잘못이 아닌데 사람들이 날 손가락질하는 게 너무 싫었어. 그래서 세상과 담을 쌓고 살았어. 그걸 한 번에 무너뜨린 게 최시은, 너야."

아직 목소리가 맹맹했지만, 해준의 표정은 진지했다. 나를 만나고 나서 해준이 밝아졌다는 황 감독님의 말이 떠올라 울컥했다.

하지만 해준의 벽을 무너뜨린 풋풋한 첫사랑이 내가 아니었다면 더 좋았을 것이다. 그게 나 같은 거짓말쟁이가 아니었다면. 그런 마음 때문인지 뾰족한 목소리가 튀어나왔다.

"해준아, 너는 나를 잘못 알고 있어. 나는 나만 아는 이기적인 애야. 나 하나 살자고 나쁜 짓을 너무 많이 했어. 원래 세계의 엄마 아빠를 원망하기만 하면서, 나는 엄청 불행했으니까 이 정도는 해도 된다고 생각하면서 말이야. 지금도 나는 이 세계에서 가짜 삶을 이어가려고 오빠와 엄마를 위험 속에 밀어 넣고 있어. 네 빛나는 미래도, 어머니도 내가 뺏은 거나 마찬가지야."

처음에는 해준의 마음을 더 다치게 하고 싶지 않아서 밀어내려고 한 말이었다. 그런데 나중에는 내 말이 나 자신에게 비수가 돼서 돌아왔다. 어느 순간부터 나는 울고 있었다. 이번에는 해준이 팔을 뻗어 내 어깨를 토닥여 주었다.

"시은아, 너는 나쁜 게 아니야. 나는 오히려 네가 대단하다고 생각했어."

"대단해? 내가?"

뜻밖의 말에 말끝이 올라갔다. 해준은 부드럽게 고개를 끄덕이며 말을 이었다.

"너는 너 자신을 지키려고 최선을 다한 것뿐이야. 너는 원래 세계에서 불행했지만, 그걸 참고 견뎠잖아. 그게 너를 단단하게 만든 거라고 생각해. 그런 시간이 있었으니까 전혀 낯선 세계에서 무슨 짓을 해서라도 살아남겠다고 결심할 수 있었던 거 아닐까? 그러니까 너는 가짜가 아니야. 진짜 너로 살아가려고 지금도 있는 힘껏 싸우고 있는 거라고."

오랫동안 연습이라도 한 것처럼 해준의 말은 막힘이 없었다.

진짜 나? 다들 왜 자꾸 내게 진짜 나로 살라고 하는 거지?

솔직히 말하면, 가짜라도 괜찮다고 생각했다. 진짜 나는, 예전의 나는 지워 버리고만 싶었다. 한 번도 아빠의 자랑거리가 되지 못한 못나고 한심한 아이라고만 여겼다. 오빠 대신 내가 살아 있는 것이 부끄러웠다.

그런데 그 시간들이 나를 단단하게 만들었다고? 내게 맞서 싸울 수 있는 힘을 줬다고? 그 말이 믿기지 않아 되물었다.

"진짜 내가 어떤 앤데?"

"이 세계의 시은이는 만난 적이 없어서 어떤 애인지 모르겠어. 하지만 우주를 건너온 최시은은 좀 알지. 시은이는 씩씩하고 고집이 세. 원하는 게 있으면 절대 포기하지 않아. 애교는 눈곱만큼도 없는데 귀여워. 펀칭을 할 때 살아 있다고 느끼지. 이 모습들이 다 너잖아. 내가 좋아하는 진짜 너."

다 말해 놓고는 부끄러웠는지 해준이 배시시 웃었다.

해준의 다정한 말이 순식간에 우주를 건너 나를 원래 세계로 데려다 놓았다. 엄마에게 사랑받았던 어린 시절의 기억이, 사소한 일에도 같이 깔깔거리며 웃던 친구 서해준과의 추억이, 복싱을 하며 벅찬 기쁨을 느꼈던 순간이 파노라마처럼 떠올랐다.

이 세계에 없는 것들이 내 원래 세계에 있었다. 내가 정말로 사랑했던 것들이, 누구 대신이 아니라 진짜 나로 살아간 시간들이.

나는 왜 그 모든 걸 부정하고 버리려고 했을까?

"시은아, 나 다시 내려가 봐야 할 것 같아."

해준의 긴장한 목소리가 나를 다시 옥상 정원으로 데려왔다. 스마트 밴드를 내려다보는 얼굴이 굳어 있었다.

"엄마가 정신이 들었대. 나를 찾는다고 연락이 왔어."

"아! 그래, 얼른 가 봐!"

해준은 뒤돌아 뛰다 말고 다시 나를 돌아보았다.

"시은아, 오늘 꼭 성공해야 해! 내일부터는 올 일이 없도록."

"그래."

대답을 하는데 왜 목이 메는 걸까. 해준은 내 변화를 눈치채지 못하고 손을 흔들며 외쳤다.

"내일 봐!"

"응, 내일 봐."

하지만 왠지 다시는 볼 수 없을 것만 같은 예감이 들었다. 나는 멀어지는 해준의 뒷모습을 오래오래 바라보며 서 있었다. 뺨을 할퀴는 겨울바람이 몹시도 차가웠다.

다시
벚꽃 비 앞에서

병원에서 나와 무작정 걸었다. 머릿속이 너무 혼란스러웠다. 오늘 계획에 성공하기만 하면 정말 앞으로 울 일이 없을까?

마음속 목소리가 아니라는 대답을 내놓았다. 이 세계에 남는다는 것은 다시 아빠의 뜻대로 살아야 한다는 의미다. 진짜 나를 지우고, 죽은 시은의 그림자를 좇으며. 그게 정말 내가 원하는 삶일까? 그렇게 살면 행복할까? 해준의 말을 들으며 생긴 의문은 점점 커져 갔다.

"그럼 어쩌자는 거야? 돌아가기라도 하겠다는 거야? 돌아갈 방법은 있고?"

입 밖으로 기어이 그 말을 내뱉고 나자 가슴이 철렁 내려앉았다. 그런 생각을 떠올렸다는 자체가 놀라웠다.

그러나 다음 순간, 귓가에 들려오는 낯선 목소리에 나는 얼어 붙고 말았다.

"그래, 지금이라도 돌아가야지. 그래야 착한 애지."

웬 남자가 내 앞을 가로막았다. 검은 가죽점퍼에 선글라스를 쓴 건장한 남자였다. 그때 비로소 내가 병원 건물 뒷골목에 있다는 걸 깨달았다. 지나가는 사람 하나 없이 조용했다. 남자는 나를 쳐다보며 다시 말했다.

"최시은, 우리와 함께 가 줘야겠다."

"아, 아저씨는 누구세요? 어떻게 내 이름을 알고…… 설마, 아빠가 보낸 거예요?"

내가 떨면서도 눈을 피하지 않자 남자가 피식 웃었다.

"네 아빠는 네가 방에만 틀어박혀 있다던데. 밤 열 시가 되면 널 데려가면 될 거라고 말이야. 그런데 네 아빠가 널 잘 몰랐던 것 같구나."

말을 멈춘 남자가 웃음기를 싹 거두고는 바짝 다가왔다. 그리고 내 귀에 대고 속삭였다.

"넌 다 알고 있지? 네가 어디서 왔는지, 오늘 밤 무슨 일이 벌어질지도. 그래서 도망가려는 거잖아."

순간 그들이 누구인지 알 듯했다. 아빠에게 불법으로 평행 우주의 문을 열어 준 사람들, 그 일을 감추기 위해 나를 제거하려는 사람들이다. 내가 도망가지 못하게 줄곧 감시하고 있었던 거다. 그제야 아침에 봤던 낯선 차의 정체를 알아챌 수 있었다.

'안 돼! 여기서 빠져나가야 해. 날 위해 마련한 계획을 시도도 못 해 보고 잡힐 순 없어!'

나는 재빨리 도망칠 방법을 생각했다. 두 달이나 쉬긴 했지만 몇 년 동안 복싱과 펀칭으로 단련해 온 나다. 저 남자가 방심하고 있는 지금, 어떻게든 틈을 만들어야 한다.

온몸의 힘을 그러모아 오른쪽 주먹을 힘껏 뻗었다. 무방비 상태로 내 주먹을 맞은 남자는 흐억, 하고 숨을 토해 내며 상체를 숙였다. 나는 그대로 뒤를 돌았다.

"이런, 꽤나 맹랑한 꼬마네."

어디서 나타났는지 회색 패딩을 입은 다른 남자가 나를 가로막았다. 좁은 샛길에서 앞뒤로 포위당한 탓에 더는 도망갈 곳을 찾을 수 없었다. 그사이 점퍼 남자가 내게 맞은 가슴을 문지르며 다가왔다.

"어차피 넌 오늘 밤이면 끝이야. 여기서 힘 빼지 말고 얌전히 따라가지?"

이제 아예 협박하는 말투였다. 하지만 나는 두 주먹을 얼굴 가까이에 대고 가드를 풀지 않았다. 성인 남자 둘을 상대할 실력이 되지 않는다는 걸 알면서도, 순순히 끌려가고 싶진 않았다.

"뭘 설득을 하고 있어?"

패딩 남자가 품에서 뭔가를 꺼내며 말했다. 검은색의 매끄러운 금속 총이었다. 몸체에는 반투명한 유리관이 박혀 있었는데, 그 안에서 검은색 액체가 든 캡슐이 찰랑였다.

"이 수면 캡슐 한 방이면 열 시까지 잠들어 있을 텐데. 자기가 어떻게 되는지도 모를걸."

패딩 남자가 수면 총을 내게 겨누며 킬킬거렸다. 꽉 쥐고 있던 주먹에서 힘이 빠졌다. 나는 가드를 올리고 있던 두 팔을 스르르 내렸다. 정말 끝이라는 생각이 들자 묘하게 차분해졌다.

지금쯤 연구소에 몰래 잠입했을 오빠가, 달 기지 중력 장치 앞에서 평행 우주의 문이 열리는 때를 기다리고 있을 엄마가 떠올랐다. 진짜 가족도 아니면서 나를 지켜 주려 하는 두 사람에게 너무 미안했다. 이 세계에 겨우 몇 개월 머물렀는데, 오빠와 엄마에게는 내내 미안하기만 했다.

'어쩌면 내가 벚꽃 비 내리는 공터에 나타나지 않는 게 나을지도 몰라. 그럼 적어도 두 사람이 위험해지지는 않을 테니까.'

그렇게 생각하며 두 눈을 감았다. 그런데 뜻밖에도 캄캄한 어둠 속에서 누군가의 얼굴이 떠올랐다. 퍼렇게 멍든 얼굴로 나를 감싸 안은 엄마였다. 엄마는 나보다 더 벌벌 떨면서도 소리 지르는 아빠를 온몸으로 막아 주었다.

그제야 원래 세계에 혼자 남겨진 엄마가 걱정됐다. 내가 없어진 세상에서 엄마는 어떻게 됐을까. 더 잔인해진 아빠 때문에 고통받고 있지는 않을까.

그런 엄마를 두고 나는 혼자 살겠다고 이 세계에서 온갖 거짓 말을 해 댔다. 나를 걱정해 주는 사람들에게 마구 상처를 입히면 서까지 말이다. 그렇게 나쁜 짓을 한 내가 이 세계에서 편하게 살 수 있을 리가 없었다.

'엄마가 보고 싶어.'

마지막 순간에서야 진짜 사랑하는 사람이 누구인지 깨닫다니. 나는 정말 끝까지 바보다. 감은 눈 사이로 눈물이 흘러내렸다.

"이제 조용히 잠들……."

패딩 남자는 말을 채 끝내지 못했다. 그리고 퍽, 뭔가가 부서지 는 소리와 으악! 하는 비명이 동시에 울렸다. 깜짝 놀라 눈을 떠 보자 패딩 남자가 휘청거리는 것이 보였다. 이마에 붉은 피가 흐 르고 있었다. 남자는 곧 바닥으로 쓰러졌다. 그 뒤에, 벽돌을 든 보라가 숨을 헐떡이며 서 있었다.

"보라야! 네가 어떻게……?"

보라는 대답 대신 소리를 질렀다.

"뒤, 뒤에!"

퍼뜩 뒤를 돌아보자 점퍼 남자가 나를 향해 달려오고 있었다. 나는 간신히 몸을 돌리며 주먹을 뻗었다.

"흥! 또 속을 줄 알고?"

허리를 숙여 피한 남자는 오른손을 옆으로 돌려 내 허리에 훅을 날렸다. 옆구리에 불타는 듯한 통증이 몰려들었다.

"흐읍!"

온몸이 흔들렸지만 어금니를 꽉 깨물고 다시 상체를 일으켰다. 점퍼 남자의 얼굴에 당황한 기색이 역력했다. 무슨 여자애가 이렇게 맷집이 좋나 했을 것이다. 그 얼굴을 보니 두려움이 사라졌다. 나는 원래 세계에서 몇 년이나 실제로 때리고 맞는 복싱을 해왔다. 이 정도는 익숙하다.

두려움이 사라진 자리에 목소리가 울렸다.

"주먹을 끝까지 봐. 딱 한 번만 피하는 거야."

"내가 아는 한, 국내에서 10점까지 내는 여자 선수는 다섯 손가락에 꼽혀."

"복싱을 할 때 네 얼굴이 얼마나 빛나는지 알아?"

해준의 목소리였다. 뭐가 원래 세계에서 들은 말이고, 지금 세계에서 들은 말인지는 이제 중요하지 않다. 지금 내게 필요한 것은 강력한 한 방이다.

숨을 멈추고 점퍼 남자를 노려보며 빈틈을 찾았다. 남자가 주먹을 길게 스트레이트로 뻗었다. 상체를 비틀어 공격을 피한 나는 오른손으로 남자의 턱을 노렸다.

퍽!

어퍼컷을 정통으로 맞은 남자가 느리게 뒤로 넘어갔다. 보라가 감탄하며 외쳤다.

"우아! 시은이 넌 역시 그림보다 펀칭이 더 어울려."

나 역시 놀랐다. 그리고 동시에 시간을 들여 쌓은 노력은 없어지지 않는다는 걸 깨달았다. 시간을 통과한 기억이 우주를 넘어도 사라지지 않는 것처럼.

"응, 나도 방금 알았어. 내가 내 힘으로 나를 지킬 수 있다는 걸."

더는 폭력으로 나를 굴복시키려는 사람들이 무섭지 않았다. 나는 더 이상 밤마다 웅크리며 벌벌 떨던 어린애가 아니었다. 해준이 말한, 단단하고 씩씩한 진짜 나를 찾은 것 같았다. 이제야 내가 무엇을 해야 할지 알 수 있었다.

나는 아직도 벽돌을 들고 있는 보라에게 물었다.

"그런데 넌 여기 어떻게 왔어?"

그러자 보라의 얼굴이 새빨개졌다.

"세상에, 시후 선배가 나한테 연락을 했더라고. 네가 전화를 받지 않는다고 엄청 걱정을 하면서 말이야. 자기가 지금 멀리 있어서 그런데 시은이 네가 괜찮은지 알아봐 달라고 하더라. 어쩜 그렇게 스위트 한 오빠가 다 있니? 역시 내 남자 보는 눈은 정확하다니까."

오빠는 재시험 때문에 스트레스가 심한 내가 걱정되어 몰래 위치 추적을 하고 있었다며 여기 위치를 보라에게 알려 주었다고 했다.

"그런데 저 아저씨들은 뭐야? 강도 같은 거야? 빨리 경찰에 신고해야······."

나는 손을 떨며 스마트 밴드를 켜려는 보라를 말렸다.

"저쪽이 더 많이 다친 것 같은데, 우리 그냥 도망갈까?"

"뭐?"

보라는 놀라면서도 현장에 지문이 남으면 안 된다며 벽돌을 가방에 집어넣었다.

우리는 손을 잡고 달렸다. 보라의 얼굴을 보면 눈물이 날 것 같아 앞만 보며 외쳤다.

"고마워, 보라야. 네가 있어서 학교생활이 견딜 만했어."

"야! 너 어디 가냐? 재시험 잘 치면 되지. 실수해서 그런 건데, 뭐."

보라가 기운 내라는 듯 내 손을 더 꽉 쥐었다.

"참, 우리 오빠 좀 잘 챙겨 줘. 겉으로는 차가워 보여도 속은 완전 여리니까."

"오! 날 올케로 인정해 주는 거야?"

"그럼. 오빠도 곧 알 거야, 네가 얼마나 멋진 애인지."

나와 보라는 나란히 달리며 웃었다. 아마도 오빠는 괜찮을 것이다. 보라가 있으니까.

밤하늘에 보름달 두 개가 나란히 걸려 있었다.

나는 오래된 벽돌담을 따라 골목길을 걸었다. 춥고 어두웠지만 더는 두렵지 않았다. 담장에 기대진 빛바랜 빨간 자전거를 보니 반갑기까지 했다. 그 풍경을 눈에 새기며 오빠에게 전화를 걸었다.

"너 왕벚꽃나무 근처에 온 거지? 이제 삼십 분밖에 안 남았어."

오빠가 다급하게 물었다. 나는 숨을 깊게 마신 후 천천히 내쉬었다. 그리고 담담하게 말했다.

"오빠, 나, 여기 남지 않을래."

"그, 그게 무슨 말이야?"

"원래 세계로 돌아가고 싶어."

"뭐? 그 지옥 같은 곳으로 돌아가겠다고?"

당황한 오빠의 목소리가 금방이라도 밴드를 뚫고 튀어나올 듯했다.

"오늘 계획이 성공해서 남는다고 해도 그다음엔? 또 불법으로 성적을 바꿔치기할 거야? 그리고 또 거짓말로 미술을 하고? 나는 언제까지 아빠가 원하는 삶을 살아야 해?"

오빠는 아무 말도 하지 못했다.

"오빠, 나는 더 이상 거짓말하고, 사람들에게 상처 입히고 싶지 않아. 진짜 내 삶을 살고 싶어. 그게 지옥 같다면, 그것도 감수할래. 이제야 알았어. 지옥에서 벗어나려면 세계를 바꿀 게 아니라 날 바꿔야 한다는 걸."

내 말뜻을 알아들었는지 오빠가 착 가라앉은 목소리로 물었다.

"결심한 거야? 진짜 후회하지 않겠어?"

"응, 날 원래 세계로 보내 줄 수 있어?"

"으음, 잠깐만."

급하게 뛰어다니는 소리, 가상 키보드 두드리는 소리, 뭔가를 다급하게 물어보는 소리가 들렸다. 잠시 후, 오빠가 긴 한숨을 내쉬며 말했다.

"방법이 없는 건 아니야. 웜홀의 채널을 바꾸면 된대. 하지만 급작스럽게 통로가 달라지는 거라 위험할 수도 있어. 자칫하면 평행 우주 사이에 갇힐 수도 있고. 그래도 갈 거야?"

망설일 필요도 없었다.

"응, 갈 거야."

마침내 오빠가 마지막 인사를 했다.

"내 동생, 시은아! 넌 정말 용감한 아이야. 네가 원하는 삶을 찾기를 바란다."

꼭 울음을 삼키는 듯 먹먹한 목소리였다.

"고마워, 오빠. 엄마한테도 미안했다고 전해 줘."

나는 전화를 끊었다.

저만치 앙상한 가지의 왕벚꽃나무가 있는 공터가 보였다. 나무 아래까지 걸어가 손을 뻗어 나무를 어루만졌다. 메마르고 거친 나무옹이가 손바닥에 쓸렸다. 그 순간, 열 시를 알리는 알람이 울렸다.

어디선가 따뜻한 바람이 한 줄기 불어왔다. 딱딱한 나무껍질에 물기가 돌더니 푸른 가지가 하늘을 향해 뻗어 올랐다. 연두색 잎이 빠르게 돋아났고, 곧이어 연분홍빛 꽃망울이 톡톡 터지기 시작했다. 다시 봐도 신비로운 풍경이었다. 바람에 날리던 꽃잎이 어느새 내 손바닥에 떨어졌다.

"다시 벚꽃 비가 내리네."

그렇게 중얼거리는데 눈앞이 아지랑이처럼 흔들렸다. 허공에 주먹만 한 새까만 구멍이 생겨나더니 블랙홀처럼 주변의 빛을 마구 빨아들이기 시작했다. 나는 점점 커지는 구멍 안으로 한 발을 내디뎠다.

다시는 해준을 만날 수 없다고 생각하자 심장이 욱신거렸다. 숨을 쉴 때마다 갈비뼈 아래가 뻐근하게 아파 왔다.

'지금쯤 해준이는 내가 보낸 메시지를 보고 있겠지? 그래, 그걸로 충분해.'

입술을 앙다물며 구멍 안으로 완전히 들어갔다. 그러자마자 평행 우주의 문이 닫히기 시작했다. 벚꽃이 날리는 아름다운 풍경도, 두 개의 달이 떠 있는 밤하늘도 점점 작아졌다.

하필 그때 스마트 밴드가 울렸다. 해준이었다.

"……미안해."

전화를 받지 않기로 했다. 대신 여기 오기 전 했던 내 선택이 해준에게 가닿기를 간절하게 바랐다.

보라와 헤어진 후, 나는 서둘러 집으로 돌아갔다. 아빠의 서재로 들어가 금고 문을 열었다. 그리고 크레디트 코인 카드에 있는 돈을 해준에게 송금했다. 남은 돈은 스트거만 증후군 재활자를 위한 인권 보호 단체에 전부 기부했다.

죽은 자식의 목숨값이라는 건 알지만, 떳떳하지 못한 거래로 받은 돈이다. 죽은 시후와 시은도 이 돈이 의미 있게 쓰이는 걸 원할 거라고 생각했다.

마지막으로 나를 내내 두려움에 떨게 했던 VIP 명함을 불에 태웠다. 아빠는 다시는 평행 우주의 문을 열지 못할 것이다.

모든 일을 순식간에 끝내고 내 방으로 건너갔다. 침대에 걸터앉아 이 방에서 숨죽여 울며 절망했을 두 번째 시은을 떠올렸다. 그토록 돌아가고 싶어 했던 자신의 세계에 도달하지 못한 그 애가 안타까웠다. 그 비극을 되풀이하지 않기 위해 나서 준 엄마와 오빠 덕분에, 진짜 나로 살아가라고 말해 준 해준 덕분에, 나는 내 세계로 돌아갈 결심을 하게 됐다.

이제 해준에게 마지막 인사를 해야 한다. 목소리를 들으면 마음이 약해질까 봐 예약 메시지를 남겼다.

[나의 소중한 친구, 해준아! 네가 이 메시지를 확인할 즈음, 나는 아마 집으로 돌아가는 길일 거야. 내일 다시 만나자고 약속했는데 지키지 못해서 미안해. 대신 네가 어머니를 잃지 않도록 내가 할 수 있는 모든 걸 했

어. 부디 너와 네 가족들이 힘든 시기를 이겨내길 간절히 기도할게.

나도 내 엄마를 지키러 갈 거야. 네 덕분에 돌아갈 용기를 얻었거든. 나도 몰랐던, 네가 발견해 준 '단단하고 포기를 모르는 나'라면 엄마를 지키고, 내 진짜 삶을 찾을 수 있을 테니까.

안녕이라는 말은 하지 않을게. 우리는 우주를 넘어서도 이어진 엄청난 인연이잖아. 그러니까 그리움이라는 버튼이 언제든 우리를 다시 연결해 줄 거라고 믿어.

해준아, 내 세계에는 없는 두 번째 달을 떠올리며 언제까지나 너를 그리워할 거야.]

평행 우주의 문이 완전히 닫혔는지 온통 어둠뿐이다. 잠이 쏟아진다.

눈을 뜨면 어떤 세계가 펼쳐질까? 아니, 눈을 뜰 수나 있을까? 확실한 건 아무것도 없다. 그렇지만 이제 더는 두렵지 않다.

나는 점점 더 깊은 잠 속으로 빠져든다.

시은의 이야기가 처음 내게 왔던 순간을 기억합니다. 샤워 후 뿌옇게 김이 서린 거울 앞에 섰는데, 갑자기 한 이미지가 떠올랐습니다. 캄캄한 우주를 비행하는 우주선 꼬리 칸에서 푸른 지구를 하염없이 바라보고 있는 여자아이의 뒷모습이었죠. 그러다 우주선이 폭발해 꼬리 칸에 있던 아이만 비상 탈출 우주선을 탈 수 있었습니다. 하지만 혼자 힘으로 지구로 돌아갈 방법은 없었어요. 이 아이는 어떻게 해야 살아날 수 있을까?

그 질문이 무수히 많은 이야기로 뻗어 갔습니다. 그러다 멈춘 곳이 바로 평행 우주였습니다.

저는 어릴 때부터 이 광활한 우주 어디인가에 외계 생명체와, 우리 지구와 비슷하지만 다른 평행 우주가 있다고 상상하곤 했습니다. 그 상상에 불을 지핀 것은 수많은 SF 소설과 영화였지요.

그중 한 영화가 떠올랐습니다. 물에 빠져 죽은 아들과 똑같은 아이를 평행 우주 너머에서 발견하는 아버지의 이야기였죠. 그 아이를 몰래 지켜보던 아버지는 아이가 죽을 위기에 처하자 과학자로서의 양심을 버리고 아이를 자기 세계로 데려옵니다. 그러는 바람에 우주의 균형이 무너져서 수많은 미스터리한 사건이 일어나기 시작하지요.

영화처럼 평행 우주가 있다면, 죽은 딸과 똑같은 아이를 구하려는 아버지가 있다면, 우주 미아가 될 뻔한 저 아이를 구할 수 있을 것 같았습니다.

그러나 저는 낯선 세계로 갑자기 끌려온 아이가 자기 세계로 되돌아가려고 고군분투하는 수많은 이야기 대신, 다른 이야기를 쓰고 싶었습니다.

아이가 끔찍한 원래 세계보다 낯설지만 안전하다고 믿는 두 번째 세계에 남고 싶어 한다면 어떨까?

이 두 질문 덕분에 시은의 기나긴 이야기가 시작됐습니다. 처음 떠올린 이미지와는 완전히 다른 이야기로 완성된 거죠.

하지만 이야기를 쓰는 내내 마음이 무척 힘들었습니다. 시은은 마냥 공감하고 응원하기에는 이기적이며, 질투도 하고 거짓말까지 서슴지 않는 아이였거든요. 청소년인 주인공이 이렇게 계산적이고 나쁜 짓을 많이 해도 될까? 독자들이 시은을 미워하면 어쩌나? 하는 마음이 들었습니다.

지레 걱정이 된 탓에 어느새 시은의 생각과 행동에 일일이 변명을 하고 있었습니다. 그러자 도저히 이야기가 앞으로 나아가지 않았어요. 괴로워하던 저는 십 대 딸에게 물었습니다.

"만약에 현실이 너무 지옥이야. 그런데 새로운 부모와 환경이 주어졌어. 그걸 뺏길 위험에 처했다면 너는 어떻게 할 거야?"

딸은 주저 없이 말했어요.

"당연히 지키려고 하겠지."

그래서 조금 더 어려운 질문을 던졌습니다.

"그걸 지키다가 죽을 수도 있는데?"

잠깐 고민하던 딸은 "그래도, 할 수 있는 데까지는 무슨 짓이든 할 것 같아"라는 대답을 들려주었습니다.

저는 딸의 무슨 짓이든 할 것 같다는 말에 용기를 얻었어요. 시은이 딱 그런 마음으로 거짓말을 하고, 사랑하는 사람들에게 상처를 입히고, 끝내는 스스로를 위험에 빠뜨리니까요.

그리고 그런 끝에, 질문 하나와 마주합니다.

진짜 내 모습은 뭐지? 지금 행복한 거 맞아?

저는 이 물음을 달이 하나인, 지금 이 세계에 살고 있는 여러분에게 돌려주고 싶었습니다. 시은처럼 극단적인 상황이 아니더라도, 이 물음에 곧바로 대답할 수 있는 청소년이 얼마나 될까요?

끊임없는 비교와 경쟁 속에서 "망했다"를 입에 달고 사는 아이들. 미래를 위해 지금의 행복은 꾹꾹 눌러 두라는 부모. 학교 폭력과 왕따 문제의 가해자도, 피해자도, 방관자도 되지 말라는 사회⋯⋯. 요즘 아이들이 처한 현실을 잠깐 떠올려 봤을 뿐인데도 어른이자 부모로서 참 미안하고 부끄러웠습니다. 그래서 자기 긍정의 경험을 거의 해 본 적 없었던 시은이 두 번째 달의 세계에 그토록 머무르고 싶어 하는 것이 이해됐습니다.

하지만 그 세계는 더하면 더했지 원래 세계보다 나을 것 없는 곳입니다. 선천적 재능인 공간 지각 능력을 단 하나의 잣대로 삼아 사람을 평가한다는 건 너무 폭력적인 일이니까요. (고백하건대 평생 '길치'로 살아온 저의 안타까운 경험들이 이런 세계를 만든 이유이기도 합니다.)

두 번째 달의 세계에서도 행복할 수 없었던 시은은 마침내 스스로 답을 찾습니다. "진짜 내 삶을 살고 싶어. 그게 지옥 같다면, 그것도 감수할래. 이제야 알겠어. 지옥에서 벗어나려면 세계를 바꿀 게 아니라 날 바꿔야 한다는 걸"이라고 말이죠.

딸이 어릴 때 태권도장에서 배웠다는 일체유심조(一切唯心造, 모든 것이 마음먹기에 달렸다는 불교의 대표적 가르침)와 같이 거창한 것을 이야기하려는 건 아닙니다.

다만 지금 처한 현실이 견디기 힘들다면, 내 편이 아무도 없는 것 같다면, 내가 너무 못났고 하찮게 여겨진다면, 그래서 생각이 극단적으로 내달려 숨이 막힌다면, 시은이 내내 품고 있던 질문을 떠올려 봤으면 좋겠습니다. 그리고 나를 살아 숨 쉬게 하는 '숨구멍'을 찾아보는 겁니다.

아마 좋아하는 친구, 아이돌, 그림, 운동, 게임 같은 것들이 떠오를 겁니다. 나를 웃게 하는 건 의외로 사소해서 주변에 있기 마련이거든요. 시은이 다시 돌아갈 용기를 얻을 수 있었던 것도 엄마의 간지럼, 친구의 작은 위로, 숨이 차도록 뛰는 기쁨과 같이 사소한 일상에서 비롯됐을 겁니다.

제 십 대 시절을 돌이켜 보니, 정말 믿기지 않게도 저의 숨구멍은 책이었어요. 그래서 지금 작가가 됐는지도 모르겠습니다.

이런 작은 숨구멍들이 불안하고 흔들리는 시간들을 통과하는 데 분명 도움이 될 거라고 믿습니다. 그리고 나의 진짜 모습을 찾는 여정을 시작할 힘을 줄 거라고도요.

이 책이 나오기까지 세심하게 살펴봐 주신 자음과모음 전유진 편집자님과 다정한 조언을 아끼지 않은 한정영 작가님께 감사를 전합니다. 늘 힘이 되어 주는 가족들과 친구들에게도 고맙습니다. 마지막으로 "만약에"로 시작되는 저의 질문 공세를 견뎌 준 딸에게 깊이 사랑한다는 말을 남깁니다.

길고 슬픈 겨울이 지나고
다시 다가올 찬란한 봄을 기다리며
박미연

두 번째 달에게

© 박미연, 2025

초판 1쇄 인쇄일 │ 2025년 1월 9일
초판 1쇄 발행일 │ 2025년 1월 24일

지은이 │ 박미연
펴낸이 │ 정은영
편   집 │ 전유진 장혜리
디자인 │ 이도이
마케팅 │ 최금순 이언영 연병선 송의정
제   작 │ 홍동근

펴낸곳 │ (주)자음과모음
출판등록 │ 2001년 11월 28일 제2001-000259호
주   소 │ 10881 경기도 파주시 회동길 325-20
전   화 │ 편집부 (02)324-2347, 경영지원부 (02)325-6047
팩   스 │ 편집부 (02)324-2348, 경영지원부 (02)2648-1311
이메일 │ jamoteen@jamobook.com

ISBN 978-89-544-5234-2 (43810)

잘못된 책은 교환해 드립니다.
저자와의 협의하에 인지는 붙이지 않습니다.